Gröls Verlage

„Bücher sind wie Fallschirme. Sie nützen uns nichts, wenn wir sie nicht öffnen."

Gröls Verlag

Redaktionelle Hinweise und Impressum

Das vorliegende Werk wurde zugunsten der Authentizität sehr zurückhaltend bearbeitet. So wurden etwa ursprüngliche Rechtschreibfehler *nicht* systematisch behoben, denn kleine Unvollkommenheiten machen das Buch – wie im Übrigen den Menschen – erst authentisch. Mitunter wurden jedoch zum Beispiel Absätze behutsam neu getrennt, um den Lesefluss zu erleichtern.

Um die Texte zu rekonstruieren, werden antiquarische Bücher von Lesegeräten gescannt und dann durch eine Software lesbar gemacht. Der so entstandene Text wird von Menschen gegengelesen und korrigiert – hierbei treten auch Fehler auf. Wenn Sie ebenfalls antiquarische Texte einreichen möchten, finden Sie weitere Informationen auf www.groels.de

Viel Freude bei der Lektüre wünscht Ihnen das Team des Gröls-Verlags.

Adressen

Verleger: Sophia Gröls, Im Borngrund 26, 61440 Oberursel

Externer Dienstleister für Distribution & Herstellung: BoD, In de Tarpen 42, 22848 Norderstedt

Unsere „Edition | Werke der Weltliteratur“ hat den Anspruch, eine der größten und vollständigsten Sammlungen klassischer Literatur in deutscher Sprache zu sein. Nach und nach versammeln wir hier nicht nur die „üblichen Verdächtigen“ von Goethe bis Schiller, sondern auch Kleinode der vergangenen Jahrhunderte, die – zu Unrecht – drohen, in Vergessenheit zu geraten. Wir kultivieren und kuratieren damit einen der wertvollsten Bereiche der abendländischen Kultur. Kleine Auswahl:

Francis Bacon • Neues Organon • **Balzac** • Glanz und Elend der Kurtisanen • **Joachim H. Campe** • Robinson der Jüngere • **Dante Alighieri** • Die Göttliche Komödie • **Daniel Defoe** • Robinson Crusoe • **Charles Dickens** • Oliver Twist • **Denis Diderot** • Jacques der Fatalist • **Fjodor Dostojewski** • Schuld und Sühne • **Arthur Conan Doyle** • Der Hund von Baskerville • **Marie von Ebner-Eschenbach** • Das Gemeindekind • **Elisabeth von Österreich** • Das Poetische Tagebuch • **Friedrich Engels** • Die Lage der arbeitenden Klasse • **Ludwig Feuerbach** • Das Wesen des Christentums • **Johann G. Fichte** • Reden an die deutsche Nation • **Fitzgerald** • Zärtlich ist die Nacht • **Flaubert** • Madame Bovary • **Gorch Fock** • Seefahrt ist not! • **Theodor Fontane** • Effi Briest • **Robert Musil** • Über die Dummheit • **Edgar Wallace** • Der Frosch mit der Maske • **Jakob Wassermann** • Der Fall Maurizius • **Oscar Wilde** • Das Bildnis des Dorian Grey • **Émile Zola** • Germinal • **Stefan Zweig** • Schachnovelle • **Hugo von Hofmannsthal** • Der Tor und der Tod • **Anton Tschechow** • Ein Heiratsantrag • **Arthur Schnitzler** • Reigen • **Friedrich Schiller** • Kabale und Liebe • **Nicolo Machiavelli** • Der Fürst • **Gotthold E. Lessing** • Nathan der Weise • **Augustinus** • Die Bekenntnisse des heiligen Augustinus • **Marcus Aurelius** • Selbstbetrachtungen • **Charles Baudelaire** • Die Blumen des Bösen • **Harriett Stowe** • Onkel Toms Hütte • **Walter Benjamin** • Deutsche Menschen • **Hugo Bettauer** • Die Stadt ohne Juden • **Lewis Caroll** • *und viele mehr….*

Ludwig Thoma

Lausbubengeschichten

Inhalt

Der vornehme Knabe

Zum Scheckbauern ist im Sommer eine Familie gekommen. Die war sehr vornehm, und sie ist aus Preußen gewesen.

Wie ihr Gepäck gekommen ist, war ich auf der Bahn, und der Stationsdiener hat gesagt, es ist lauter Juchtenleder, die müssen viel Gerstl haben.

Und meine Mutter hat gesagt, es sind feine Leute, du mußt sie immer grüßen, Ludwig.

Er hat einen weißen Bart gehabt, und seine Stiefel haben laut geknarrzt. Sie hat immer Handschuhe angehabt, und wenn es wo naß war auf dem Boden, hat sie huh! geschrien und hat ihr Kleid aufgehoben.

Wie sie den ersten Tag da waren, sind sie im Dorf herumgegangen. Er hat die Häuser angeschaut und ist stehengeblieben. Da habe ich gehört, wie er gesagt hat: "Ich möchte nur wissen, von was diese Leute leben."

Bei uns sind sie am Abend vorbei, wie wir gerade gegessen haben. Meine Mutter hat gegrüßt, und Ännchen auch. Da ist er her gekommen mit seiner Frau und hat gefragt: "Was essen Sie da?" Wir haben Lunge mit Knödel gegessen, und meine Mutter hat es ihm gesagt. Da hat er gefragt, ob wir immer Knödel essen, und seine Frau hat uns durch einen Zwicker angeschaut. Es war aber kein rechter Zwicker, sondern er war an einer kleinen Stange, und sie hat ihn auf- und zugemacht.

Meine Mutter sagte zu mir: "Steh auf, Ludwig, und mache den Herrschaften dein Kompliment, und ich habe es gemacht.

Da hat er zu mir gesagt, was ich bin, und ich habe gesagt, ich bin ein Lateinschüler. Und meine Mutter sagte: "Er war in der ersten Klasse und darf aufsteigen. Im Lateinischen hat er die Note zwei gekriegt."

Er hat mich auf den Kopf getätschelt und hat gesagt: "Ein gescheiter Junge; du kannst einmal zu uns kommen und mit meinem Arthur spielen. Er ist so alt wie du."

Dann hat er meine Mutter gefragt, wieviel sie Geld kriegt im Monat, und sie ist ganz rot geworden und hat gesagt, daß sie hundert zehn Mark kriegt.

Er hat zu seiner Frau hinübergeschaut und hat gesagt: "Emilie, noch nicht vierzig Taler."

Und sie hat wieder ihren Zwicker vor die Augen gehalten.

Dann sind sie gegangen, und er hat gesagt, daß man es noch gehört hat: "Ich möchte bloß wissen, von was diese Leute leben."

Am andern Tag habe ich den Arthur gesehen. Er war aber nicht so groß wie ich und hat lange Haare gehabt bis auf die Schultern und ganz dünne Füße. Das habe ich gesehen, weil er eine Pumphose anhatte. Es war noch ein Mann dabei mit einer Brille auf der Nase. Das war sein Instruktor. Sie sind beim Rafenauer gestanden, wo die Leute Heu gerecht haben.

Der Arthur hat hingedeutet und hat gefragt: "Was tun die da machen?" Und der Instruktor hat gesagt: "Sie fassen das Heu auf. Wenn es genügend gedörrt ist, werden die Tiere damit gefüttert."

Der Scheck Lorenz war bei mir, und wir haben uns versteckt, weil wir so gelacht haben.

Beim Essen hat meine Mutter gesagt: "Der Herr ist wieder dagewesen und hat gesagt, du sollst nachmittag seinen Sohn besuchen." Ich sagte, daß ich lieber mit dem Lenz zum Fischen gehe, aber Anna hat mich gleich angefahren, daß ich nur mit Bauernlümmeln herum laufen will, und meine Mutter sagte: "Es ist gut für dich, wenn du mit feinen Leuten zusammen bist. Du kannst Manieren lernen."

Da hab ich müssen, aber es hat mich nicht gefreut. Ich habe die Hände gewaschen und den schönen Rock angezogen, und dann bin ich hin gegangen. Sie waren gerade beim Kaffee, wie ich gekommen bin. Der Herr war da und die Frau und ein Mädchen; das war so alt wie unsere Anna, aber schöner angezogen und viel dicker. Der Instruktor war auch da mit dem Arthur.

"Das ist unser junger Freund, sagte der Herr. "Arthur, gib ihm die Hand!" Und dann fragte er mich: "Nun, habt ihr heute wieder Knödel gegessen?"

Ich sagte, daß wir keine gegessen haben, und ich habe mich hingesetzt und einen Kaffee gekriegt. Es ist furchtbar fad gewesen. Der Arthur hat nichts geredet und hat mich immer angeschaut, und der Instruktor ist auch ganz still da gesessen.

Da hat ihn der Herr gefragt, ob Arthur sein Pensum schon fertig hat, und er sagte, ja, es ist fertig; es sind noch einige Fehler darin, aber man merkt schon den Fortschritt.

Da sagte der Herr: "Das ist schön, und Sie können heute nachmittag allein spazierengehen, weil der junge Lateinschüler mit Arthur spielt."

Der Instruktor ist aufgestanden, und der Herr hat ihm eine Zigarre gegeben und gesagt, er soll Obacht geben, weil sie so gut ist.

Wie er fort war, hat der Herr gesagt: "Es ist doch ein Glück für diesen jungen Menschen, daß wir ihn mitgenommen haben. Er sieht auf diese Weise sehr viel Schönes."

Aber das dicke Mädchen sagte: "Ich finde ihn gräßlich; er macht Augen auf mich. Ich fürchte, daß er bald dichtet wie der letzte."

Der Arthur und ich sind bald aufgestanden, und er hat gesagt, er will mir seine Spielsachen zeigen.

Er hat ein Dampfschiff gehabt. Das wenn man aufgezogen hat, sind die Räder herumgelaufen, und es ist schön geschwommen. Es waren auch viele Bleisoldaten und Matrosen darauf, und Arthur hat gesagt, es ist ein Kriegsschiff und heißt "Preußen". Aber beim Scheck war kein großes Wasser, daß man sehen kann, wie weit es schwimmt, und ich habe gesagt, wir müssen zum Rafenauer hingehen, da ist ein Weiher, und wir haben viel Spaß dabei.

Es hat ihn gleich gefreut, und ich habe das Dampfschiff getragen.

Sein Papa hat gerufen: "Wo geht ihr denn hin, ihr Jungens ?" Da habe ich ihm gesagt, daß wir das Schiff im Rafenauer seinem Weiher schwimmen lassen.

Die Frau sagte: "Du darfst es aber nicht tragen, Arthur. Es ist zu schwer für dich." Ich sagte, daß ich es trage, und sein Papa hat gelacht und hat gesagt: "Das ist ein starker Bayer; er ißt alle Tage Lunge und Knödel. Hahaha!"

Wir sind weitergegangen hinter dem Scheck, über die große Wiese.

Der Arthur fragte mich: "Gelt, du bist stark?"

Ich sagte, daß ich ihn leicht hinschmeißen kann, wenn er es probieren will.

Aber er traute sich nicht und sagte, er wäre auch gerne so stark, daß er sich von seiner Schwester nichts mehr gefallen lassen muß.

Ich fragte, ob sie ihn haut.

Er sagte nein, aber sie macht sich so gescheit, und wenn er eine schlechte Note kriegt, redet sie darein, als ob es sie was angeht.

Ich sagte, das weiß ich schon; das tun alle Mädchen, aber man darf sich nichts gefallen lassen. Es ist ganz leicht, daß man es ihnen vertreibt, wenn man ihnen rechte Angst macht.

Er fragte, was man da tut, und ich sagte, man muß ihnen eine Blindschleiche in das Bett legen. Wenn sie darauf liegen, ist es kalt, und sie schreien furchtbar. Dann versprechen sie einem, daß sie nicht mehr so gescheit sein wollen.

Arthur sagte, er traut sich nicht, weil er vielleicht Schläge kriegt. Ich sagte aber, wenn man sich vor den Schlägen fürchten möchte, darf man nie keinen Spaß haben, und da hat er mir versprochen, daß er es tun will.

Ich habe mich furchtbar gefreut, weil mir das dicke Mädchen gar nicht gefallen hat, und ich dachte, sie wird ihre Augen noch viel stärker aufreißen, wenn sie eine Blindschleiche spürt. Er meinte, ob ich auch gewiß eine finde. Ich sagte, daß ich viele kriegen kann, weil ich in der Sägemühle ein Nest weiß.

Und es ist mir eingefallen, ob es nicht vielleicht gut ist, wenn er dem Instruktor auch eine hineinlegt.

Das hat ihm gefallen, und er sagte, er will es gewiß tun, weil sich der Instruktor so fürchtet, daß er vielleicht weggeht. Er fragte, ob ich keinen Instruktor habe, und ich sagte, daß meine Mutter nicht so viel Geld hat, daß sie einen zahlen kann.

Da hat er gesagt: "Das ist wahr. Sie kosten sehr viel, und man hat bloß Verdruß davon. Der letzte, den wir gehabt haben, hat immer

Gedichte auf meine Schwester gemacht, und er hat sie unter ihre Kaffeetasse gelegt; da haben wir ihn fortgejagt."

Ich fragte, warum er Gedichte gemacht hat und warum er keine hat machen dürfen.

Da sagte er: "Du bist aber dumm. Er war doch verliebt in meine Schwester, und sie hat es gleich gemerkt, weil er sie immer so angeschaut hat. Deswegen haben wir ihn fortjagen müssen."

Ich dachte, wie dumm es ist, daß sich einer so plagen mag wegen dem dicken Mädchen, und ich möchte sie gewiß nicht anschauen und froh sein, wenn sie nicht dabei ist.

Dann sind wir an den Weiher beim Rafenauer gekommen, und wir haben das Dampfschiff hineingetan. Die Räder sind gut gegangen, und es ist ein Stück weit geschwommen.

Wir sind auch hineingewatet, und der Arthur hat immer geschrien: "Hurra! Gebt's ihnen, Jungens! Klar zum Gefecht! Drauf und dran, Jungens, gebt ihnen noch eine Breitseite! Brav, Kinder!" Er hat furchtbar geschrien, daß er ganz rot geworden ist, und ich habe ihn gefragt, was das ist.

Er sagte, es ist eine Seeschlacht, und er ist ein preußischer Admiral. Sie spielen es immer in Köln; zuerst ist er bloß Kapitän gewesen, aber jetzt ist er Admiral, weil er viele Schlachten gewonnen hat.

Dann hat er wieder geschrien: "Beidrehen! Beidrehen! Hart an Backbord halten! Feuer! Sieg! Sieg!"

Ich sagte: "Das gefällt mir gar nicht; es ist eine Dummheit, weil sich nichts rührt. Wenn es eine Schlacht ist, muß es krachen. Wir sollen Pulver hineintun, dann ist es lustig." Er sagte, daß er nicht mit Pulver spielen darf, weil es gefährlich ist. Alle Jungen in Köln machen es ohne Pulver.

Ich habe ihn aber ausgelacht, weil er doch kein Admiral ist, wenn er nicht schießt.

Und ich habe gesagt, ich tue es, wenn er sich nicht traut; ich mache den Kapitän, und er muß bloß kommandieren.

Da ist er ganz lustig gewesen und hat gesagt, das möchte er. Ich muß aber streng folgen, weil er mein Vorgesetzter ist, und Feuer geben, wenn er schreit.

Ich habe ein Paket Pulver bei mir gehabt. Das habe ich immer, weil ich so oft Speiteufel mache. Und ein Stück Zündschnur habe ich auch dabei gehabt.

Wir haben das Dampfschiff hergezogen. Es waren Kanonen darauf, aber sie haben kein Loch gehabt. Da habe ich probiert, ob man vielleicht anders schießen kann. Ich meinte, man soll das Verdeck aufheben und drunter das Pulver tun. Dann geht der Rauch bei den Luken heraus, und man glaubt auch, es sind Kanonen darin.

Das habe ich getan. Ich habe aber das ganze Paket Pulver hineingeschüttet, damit es stärker raucht. Dann habe ich das Verdeck wieder darauf getan und die Zündschnur durch ein Loch gesteckt.

Arthur fragte, ob es recht knallen wird, und ich sagte, ich glaube schon, daß es einen guten Schuß tut. Da ist er geschwind hinter einen Baum und hat gesagt, jetzt geht die Schlacht an.

Und er hat wieder geschrien: "Hurra! Gebt's ihnen, tapferer Kapitän!"

Ich habe das Dampfschiff aufgedreht und gehalten, bis die Zündschnur gebrannt hat. Dann habe ich ihm einen Stoß gegeben, und die Räder sind gegangen, und die Zündschnur hat geraucht.

Es war lustig, und der Arthur hat sich auch furchtbar gefreut und hinter dem Baum immer kommandiert.

Er fragte, warum es nicht knallt. Ich sagte, es knallt schon, wenn die Zündschnur einmal bis zum Pulver hinbrennt.

Da hat er seinen Kopf vorgestreckt und hat geschrien: "Gebt Feuer auf dem Achterdeck!"

Auf einmal hat es einen furchtbaren Krach getan und hat gezischt, und ein dicker Rauch ist auf dem Wasser gewesen. Ich habe gemeint, es ist etwas bei mir vorbei geflogen, aber Arthur hat schon gräßlich geheult, und er hat seinen Kopf gehalten. Es war aber nicht arg. Er hat bloß ein bißchen geblutet an der Stirne, weil ihn etwas getroffen hat. Ich glaube, es war ein Bleisoldat.

Ich habe ihn abgewischt, und er hat gefragt, wo sein Dampfschiff ist. Es war aber nichts mehr da; bloß der vordere Teil war noch da und ist auf dem Wasser geschwommen. Das andere ist alles in die Luft geflogen. Er hat geweint, weil er geglaubt hat, daß sein Vater schimpft, wenn kein Schiff nicht mehr da ist. Aber ich habe gesagt, wir sagen, daß die Räder so gelaufen sind, und es ist fortgeschwommen, oder er sagt gar nichts und geht erst heim, wenn es dunkel ist. Dann weiß es niemand, und wenn ihn wer fragt, wo das Schiff ist, sagt er, es ist droben, aber er mag nicht damit spielen.

Und wenn eine Woche vorbei ist, sagt er, es ist auf einmal nicht mehr da. Vielleicht ist es gestohlen worden.

Der Arthur sagte, er will es so machen und warten, bis es dunkel wird.

Wie wir das geredet haben, da hat es hinter uns Spektakel gemacht.

Ich habe geschwind umgeschaut, und da habe ich auf einmal gesehen, wie der Rafenauer hergelaufen ist. Er hat geschrien: "Hab ich enk, ihr Saububen, ihr miserabligen !"

Ich bin gleich davon, bis ich zum Heustadel gekommen bin. Da habe ich mich geschwind versteckt und hingeschaut. Der Arthur ist stehengeblieben, und der Rafenauer hat ihm die Ohrfeigen gegeben. Er ist furchtbar grob.

Und er hat immer geschrien: "De Saububen zünden noch mei Haus o. Und meine Äpfel stehlen s', und meine Zwetschgen stehlen s', und mei Haus sprengen s' in d' Luft!"

Er hat ihm jedesmal eine Watschen gegeben, daß es geknallt hat.

Ich habe schon gewußt, daß er einen Zorn auf uns hat, weil ich und der Lenz ihm so oft seine Äpfel stehlen, und er kann uns nicht erwischen.

Aber den Arthur hat er jetzt erwischt, und er hat alle Prügel gekriegt.

Wie der Rafenauer fertig war, ist er fortgegangen. Aber dann ist er stehengeblieben und hat gesagt: "Du Herrgottsakerament!" und ist wieder umgekehrt und hat ihm nochmal eine hineingehauen.

Der Arthur hat furchtbar geweint und hat immer geschrien: "Ich sage es meinem Papa!"

Es wäre gescheiter gewesen, wenn er fortgelaufen wäre; der Rafenauer kann nicht nachkommen, weil er so schnauft. Man muß immer um die Bäume herumlaufen, dann bleibt er gleich stehen und sagt: "Ich erwisch enk schon noch einmal."

Ich und der Lenz wissen es; aber der Arthur hat es nicht gewußt.

Er hat mich gedauert, weil er so geweint hat, und wie der Rafenauer fort war, bin ich hingelaufen und habe gesagt, er soll sich nichts daraus machen. Aber er hat nicht aufgehört und hat immer geschrien: "Du bist schuld; ich sage es meinem Papa."

Da habe ich mich aber geärgert und ich habe gesagt, daß ich nichts dafür kann, wenn er so dumm ist.

Da hat er gesagt, ich habe das Schiff kaputtgemacht, und ich habe so geknallt, daß der Bauer gekommen ist und er Schläge gekriegt hat.

Und er ist schnell fortgelaufen und hat geweint, daß man es weit gehört hat. Ich möchte mich schämen, wenn ich so heulen könnte wie ein Mädchen. Und er hat gesagt, er ist ein Admiral.

Ich dachte, es ist gut, wenn ich nicht gleich heimgehe, sondern ein bißchen warte.

Wie es dunkel war, bin ich heim gegangen, und ich bin beim Scheck ganz still vorbei, daß mich niemand gemerkt hat.

Der Herr war im Gartenhaus und die Frau und das dicke Mädchen. Der Scheck war auch dabei. Ich habe hineingeschaut, weil ein Licht gebrannt hat. Ich glaube, sie haben von mir geredet. Der Herr hat immer den Kopf geschüttelt und hat gesagt: "Wer hätte es gedacht! Ein solcher Lausejunge!" Und das dicke Mädchen hat gesagt: "Er will, daß mir Arthur Schlangen ins Bett legt. Hat man so was gehört?"

Ich bin nicht mehr eingeladen worden, aber wenn mich der Herr sieht, hebt er immer seinen Stock auf und ruft: "Wenn ich dich mal erwische!" Ich bin aber nicht so dumm wie sein Arthur, daß ich stehenbleibe.

In den Ferien

Es ist die große Vakanz gewesen, und sie hat schon vier Wochen gedauert. Meine Mutter hat oft geseufzt, daß wir so lange frei haben, weil alle Tage etwas passiert, und meine Schwester hat gesagt, daß ich die Familie in einen schlechten Ruf bringe.

Da ist einmal der Lehrer Wagner zu uns auf Besuch gekommen. Er kommt öfter, weil meine Mutter soviel vom Obst versteht, und er kann sich mit ihr unterhalten.

Er hat erzählt, daß seine Pfirsiche schön werden und daß es ihm Freude macht. Und dann hat er auch gesagt, daß die Volksschule in zwei Tagen schon wieder angeht und seine Vakanz vorbei ist.

Meine Mutter hat gesagt, sie möchte froh sein, wenn das Gymnasium auch schon angeht, aber sie muß es noch drei Wochen aushalten.

Der Lehrer sagte: "Ja, ja, es ist nicht gut, wenn die Burschen so lange frei haben. Sie kommen auf alles mögliche."

Und dann ist er gegangen. Zufällig habe ich an diesem Tage eine Forelle gestohlen gehabt, und der Fischer ist zornig zu uns gelaufen und hat geschrien, er zeigt es an, wenn er nicht drei Mark dafür kriegt.

Da bin ich furchtbar geschimpft worden, aber meine Schwester hat gesagt: "Was hilft es? Morgen fängt er etwas anderes an, und kein Mensch mag mehr mit uns verkehren. Gestern hat mich der Amtsrichter so kalt gegrüßt, wie er vorbeigegangen ist. Sonst bleibt er immer stehen und fragt, wie es uns geht."

Meine Mutter hat gesagt, daß etwas geschehen muß, sie weiß noch nicht, was.

Auf einmal ist ihnen eingefallen, ob ich vielleicht in der Vakanz in die Volksschule gehen kann, der Herr Lehrer tut ihnen gewiß den Gefallen.

Ich habe gesagt, das geht nicht, weil ich schon in die zweite Klasse von der Lateinschule komme, und wenn es die anderen erfahren, ist es eine furchtbare Schande vor meinen Kommilitonen. Lieber will ich nichts mehr anfangen und sehr fleißig sein.

Meine liebe Mutter sagte zu meiner Schwester: "Du hörst es, daß er jetzt anders werden will, und wenn es für ihn doch so peinlich ist wegen der Kolimitonen, wollen wir noch einmal warten."

Sie kann sich keine lateinischen Worte merken.

Ich war froh, daß es so vorbeigegangen ist, und ich habe mich recht zusammengenommen.

Einen Tag ist es gut gegangen, aber am Mittwoch habe ich es nicht mehr ausgehalten.

Neben uns wohnt der Geheimrat Bischof in der Sommerfrische. Seine Frau kann mich nicht leiden, und wenn ich bloß an den Zaun hinkomme, schreit sie zu ihrer Magd: "Elis, geben Sie acht, der Lausbube ist da."

Sie haben eine Angorakatze; die darf immer dabeisitzen, wenn sie Kaffee trinken im Freien, und die Frau Geheimrat fragt: "Mag Miezchen ein bißchen Milch? Mag Miezchen vielleicht auch ein bißchen Honig?"

Als wenn sie ja sagen könnte oder ein kleines Kind wäre.

Am Mittwoch ist die Katze bei uns herüben gewesen, und unsere Magd hat sie gefüttert. Da habe ich sie genommen, wie es niemand gesehen hat, und habe sie eingesperrt im Stall, wo ich früher zwei Könighasen hatte.

Dann habe ich aufgepaßt, wie sie Kaffee getrunken haben. Die Frau Geheimrat war schon da und hat gerufen: "Miezi! Miezi! Elis, haben Sie Miezchen nicht gesehen ?"

Aber die Magd hat es nicht gewußt, und sie haben sich hingesetzt, und ich habe hinter dem Vorhang hinübergeschaut.

Dann hat die Frau Geheimrat zu ihrem Mann gesagt: "Eugen, hast du Miezchen nicht gesehen?"

Und er hat gesagt: "Vüloicht, ich woiß es nücht." Und dann hat er wieder in der Zeitung gelesen.

Aber die Frau Geheimrat war ganz nachdenklich, und wie sie ein Butterbrot geschmiert hat, hat sie gesagt: "Ich kann mir nicht denken, wo Miezchen bleibt. Sie fängt doch keine Mäuse nicht?"

Indes bin ich geschwind in den Stall und habe die Katze genommen. Ich habe ihr an den Schweif einen Pulverfrosch gebunden und bin hinten an das Haus vom Geheimrat am Zaun und habe den Frosch angezündet. Dann habe ich die Katze freigelassen. Sie ist gleich durch den Zaun geschloffen und furchtbar gelaufen.

Die Magd hat geschrien: "Frau Geheimrat, Mieze kommt schon." Und dann habe ich die Stimme von ihr gehört, wie sie gesagt hat: "Wo ist nur mein Kätzchen? Da bist du ja! Aber was hat das Tierchen am Schweif?" Dann hat es furchtbar gekracht und gezischt, und sie haben geschrien und die Tassen am Boden hingeschmissen, und wie es still war, hat der Geheimrat gesagt: "Das üst wüder düser ruchlose Lauspube gewösen."

Ich habe mich im Zimmer von meiner Schwester versteckt; da kann man in unseren Garten hinunterschauen. Meine Mutter und Anna haben auch Kaffee getrunken, und meine liebe Mutter sagte gerade: "Siehst du, Ännchen, Ludwig ist nicht so schlimm; man muß ihn nur zu behandeln verstehen. Gestern hat er den ganzen Tag gelernt, und es ist gut, daß wir ihn nicht vor seinen Kolimitonen blamiert haben."

Und Anna sagte: "Ich möchte bloß wissen, warum der Herr Amtsrichter nicht stehengeblieben ist."

Jetzt ist auf einmal am Eingang von unserem Garten der Geheimrat und die Frau Geheimrat gewesen, und meine Mutter sagte: "Ännchen, sitzt meine Haube nicht schief? Ich glaube gar, Geheimrats machen uns Besuch."

Und sie ist aufgestanden und ihnen entgegengegangen, und ich hörte, daß sie gesagt hat: "Nein, das ist lieb von Ihnen, daß Sie kommen." Aber der Geheimrat hat ein Gesicht gemacht, als wenn er mit einer Leiche geht, und sie ist ganz rot gewesen und hat den abgebrannten Frosch in der Hand gehabt und hat erzählt, daß die Katze jetzt wahnsinnig ist und drei Tassen kaputt sind. Und daß es niemand anderer getan hat wie ich. Da sind meiner Mutter die Tränen heruntergelaufen, und der Geheimrat hat gesagt: "Woinen Sü nur, gute Frau! Woinen Sü über Ühren mißratenen Sohn!" Und dann haben sie verlangt, daß meine Mutter die Tassen bezahlt, und eine kostet zwei Mark, weil es so gutes Porzellan war.

Ich bin furchtbar zornig geworden, wie ich gesehen habe, daß meine alte Mutter den kleinen, alten Geldbeutel herausgetan hat, und ihre Hände waren ganz zittrig, wie sie das Geld aufgezählt hat.

Die Frau Geheimrat hat es geschwind eingesteckt und hat gesagt, das Schrecklichste ist, daß die arme Katze wahnsinnig geworden ist, aber sie wollen es nicht anzeigen aus Rücksicht auf meine Mutter. Dann sind sie gegangen, und er hat noch gesagt: "Der Hümmel prüft Sü hart mit Ührem Künde."

Ich habe noch länger in den Garten hinuntergeschaut. Da ist meine Mutter am Tisch gesessen und hat sich mit ihrem Sacktuch die Tränen abgewischt, aber es sind immer neue gekommen, und bei Ännchen auch. Das Butterbrot ist auf dem Teller gewesen, und sie haben es nicht mehr essen mögen. Ich bin ganz traurig geworden, und ich bin fort, daß sie mich nicht gesehen haben.

Ich habe gedacht, wie es gemein ist von dem Geheimrat, daß er das Geld genommen hat, und wie ich ihm dafür etwas antun muß. Ich möchte die Katze kaputt machen, daß es niemand merkt, und ihr den Schweif abschneiden. Wenn sie dann ruft: "Wo ist denn nur unser Miezchen?", schmeiße ich den Schweif über den Zaun hinüber. Aber ich muß mich noch besinnen, wie ich es mache, daß es niemand merkt. Da bin ich wieder lustig geworden, weil ich gedacht habe, was sie für ein Gesicht machen wird, wenn sie bloß mehr den Schweif sieht. Dann bin ich heim zum essen gegangen. Anna ist schon an der Tür gestanden und hat gesagt, daß ich allein essen muß in meinem Zimmer und daß ich morgen in die Schule gehen muß. Der Herr Lehrer Wagner hat es angenommen und hat versprochen, daß er mit mir streng ist.

Ich habe schimpfen gewollt, weil es doch eine Schande ist, wenn ein Lateinschüler mit den dummen Schulkindern zusammensitzt, aber ich habe gedacht, daß meine Mutter so geweint hat. Und da habe ich mir alles gefallen lassen.

Ich bin am andern Tag in die Schule gegangen. Es war bloß ein Zimmer, und da waren alle Klassen darin, und auf der einen Seite waren die Buben und auf der anderen die Mädchen.

Wie ich gekommen bin, hat mich der Lehrer in die erste Bank gesetzt. Dann hat er gesagt, daß sich die Kinder Mühe geben sollen, weil heute ein großer Gelehrter unter ihnen sitzt, der Lateinisch kann.

Das hat mich verdrossen, weil die Kinder gelacht haben. Aber ich habe es mir nicht merken lassen. Einer hat ein Lesestück vorlesen müssen. Es hat geheißen "Der Abend" und ist so angegangen: " Die Sonne geht zur Ruhe, und am Himmel kommt der Abendstern. Die Vöglein verstummen mit ihrem lieblichen Gesange; nur die Grillen zirpen im Felde. Da geht der fleißige Bauersmann heim. Sein Hund bellt freudig, und die Kinder springen ihm entgegen." So ist es weitergegangen. Es war furchtbar dumm, und ich habe gedacht, was es für eine Schande ist für einen Lateinschüler, daß er dabeisitzen muß.

Der Lehrer sagte, die Kinder von der siebenten Klasse müssen es nun aus dem Kopfe schreiben, und er ladet den Herrn Lateinschüler auch ein.

Er hat mir eine Tafel und einen Griffel gegeben, und dann sagte er, daß er eine halbe Stunde in die Kirche fort muß, und daß die Furtner Marie die Aufsicht hat. Sie war auch von der siebenten Klasse und die Tochter von einem Bauern, der nicht weit von uns ein Haus hat. Da bin ich noch zorniger geworden, daß ich einem Mädel folgen soll.

Wie der Lehrer draußen war, habe ich den Leitner, der neben mir gesessen ist, ganz ruhig gefragt, ob er heute nachmittag zum Fischen mitgehen will.

Da hat die Furtner Marie gerufen: "Ruhig! Wenn du noch einmal schwätzest, wirst du aufgeschrieben." "Entschuldigen Sie, Fräulein Lehrerin", habe ich gesagt, "ich will es nicht mehr tun." Dann habe ich einen Schlüssel aus der Tasche gezogen und habe probiert, ob er noch pfeift.

Da ist die Furtner Marie zur Tafel hinaus und hat hingeschrieben: "Thoma hat gepfiffen."

Ich bin aufgestanden und habe gesagt: "Entschuldigen Sie, Fräulein Lehrerin, was muß ich denn machen, daß Sie mich nicht aufschreiben?"

Sie sagte, daß ich den Aufsatz "Der Abend" schreiben muß.

Da habe ich geschwind etwas geschrieben, und dann bin ich wieder aufgestanden und habe gesagt: "Entschuldigen Sie, Fräulein Lehrerin, darf ich es nicht vorlesen, daß Sie mir sagen, ob es recht ist?"

Da ist die dumme Gans stolz gewesen, daß sie einem Lateinschüler etwas sagen muß, und sie hat gesagt:" Ja, du darfst es vorlesen."

Da habe ich recht laut gelesen: "Die Sonne geht zur Ruhe. Der Abendstern ist auf dem Himmel. Vor dem Wirtshause ist es still. Auf einmal geht die Tür auf, und der Hausknecht wirft einen Bauersmann hinaus. Er ist betrunken. Es ist der Furtner Marie ihr Vater."

Da haben alle Kinder gelacht, und die Furtner hat zu heulen angefangen. Sie ist wieder an die Tafel hin und hat geschrieben: "Thoma war ungezogen." Das hat sie dreimal unterstrichen. Ich bin aus meiner Bank gegangen und habe den Schwamm genommen und habe ihre Schrift ausgewischt.

Und dann habe ich die Furtner Marie bei ihrem Zopf gepackt und habe sie gebeutelt, und zuletzt habe ich ihr eine Ohrfeige hineingehauen, damit sie weiß, daß man einen Lateinschüler nicht aufschreibt.

Jetzt ist der Lehrer gekommen, und er war zornig, wie er alles erfahren hat. Er sagte, daß er nur wegen meiner Mutter mich nicht gleich hinauswirft, aber daß er mich zwei Stunden nach der Schule einsperrt. Das hat er auch getan. Wie die Kinder fort waren, habe ich dableiben müssen, und der Lehrer hat die Tür mit dem Schlüssel zugesperrt. Es war schon elf Uhr, und ich habe furchtbar Hunger gehabt, und ich habe auch gedacht, was es für eine Schande ist, daß ich in einer Volksschule eingesperrt bin.

Da habe ich geschaut, ob ich nicht durchbrennen kann und vielleicht beim Fenster hinunterspringen. Aber es war im ersten Stock und zu hoch, und es waren Steine unten. Da schaute ich auf der andern Seite, wo der Garten war. Wenn man auf die Erde springt, tut es vielleicht nicht weh. Ich machte das Fenster auf und dachte, ob ich es probiere. Da habe ich auf einmal gesehen, daß an der Mauer die Latten für das Spalierobst sind, und ich habe gedacht, daß sie mich schon tragen.

Ich bin langsam hinausgestiegen und habe die Füße ganz vorsichtig auf die Latten gestellt. Sie haben mich gut getragen, und wie ich gesehen habe, daß es nicht gefährlich ist, da ist mir eingefallen, daß ich die Pfirsiche mitnehmen kann. Ich habe alle Taschen vollgesteckt und den Hut auch.

Dann bin ich erst heim und legte die Pfirsiche in meinen Kasten.

Am Nachmittag ist ein Brief vom Herrn Lehrer gekommen, daß ich die Schule nicht mehr betreten darf.

Da war ich froh.

Der Kindlein

Unser Religionslehrer heißt Falkenberg. Er ist klein und dick und hat eine goldene Brille auf.

Wenn er was Heiliges redet, zwickt er die Augen zu und macht seinen Mund spitzig.

Er faltet immer die Hände und ist recht sanft und sagt zu uns: "Ihr Kindlein."

Deswegen haben wir ihn den Kindlein geheißen.

Er ist aber gar nicht so sanft. Wenn man ihn ärgert, macht er grüne Augen wie eine Katze und sperrt einen viel länger ein wie unser Klaßprofessor.

Der schimpft einen furchtbar und sagt "mistiger Lausbub", und zu mir hat er einmal gesagt, er haut das größte Loch in die Wand mit meinem Kopf.

Meinen Vater hat er gut gekannt, weil er im Gebirg war und einmal mit ihm auf die Jagd gehen durfte. Ich glaube, er kann mich deswegen gut leiden und läßt es sich bloß nicht merken.

Wie mich der Merkel verschuftet hat, daß ich ihm eine hineingehaut habe, hat er mir zwei Stunden Arrest gegeben. Aber wie alle fort waren, ist er auf einmal in das Zimmer gekommen und hat zu mir gesagt: "Mach, daß du heimkommst, du Lauskerl, du grober! Sonst wird die Supp kalt."

Er heißt Gruber.

Aber der Falkenberg schimpft gar nicht.

Ich habe ihm einmal seinen Rock von hinten mit Kreide angeschmiert. Da haben alle gelacht, und er hat gefragt: "Warum lacht ihr, Kindlein?"

Es hat aber keiner etwas gesagt; da ist er zum Merkel hingegangen und hat gesagt: "Du bist ein gottesfürchtiger Knabe, und ich glaube, daß du die Lüge verabscheust. Sprich offen, was hat es gegeben?"

Und der Merkel hat ihm gezeigt, daß er voll Kreide hinten ist und daß ich es war.

Der Falkenberg ist ganz weiß geworden im Gesicht und ist schnell auf mich hergegangen. Ich habe gemeint, jetzt krieg ich eine hinein, aber er hat sich vor mich hingestellt und hat die Augen zugezwickt.

Dann hat er gesagt: "Armer Verlorener! Ich habe immer Nachsicht gegen dich geübt, aber ein räudiges Schaf darf nicht die ganze Herde anstecken."

Er ist zum Rektor gegangen, und ich habe sechs Stunden Karzer gekriegt. Der Pedell hat gesagt, ich wäre dimittiert geworden, wenn mir nicht der Gruber so geholfen hätte. Der Falkenberg hat darauf bestanden, daß ich dimittiert werde, weil ich das Priesterkleid beschmutzt habe. Aber der Gruber hat gesagt, es ist bloß Übermut und er will meiner Mutter schreiben, ob er mir nicht ein paar herunterhauen darf. Dann haben ihm die andern recht gegeben, und der Falkenberg war voll Zorn. Er hat es sich nicht ankennen lassen, sondern er hat das nächstemal in der Klasse zu mir gesagt: "Du hast gesündigt, aber es ist dir verziehen. Vielleicht wird dich Gott in seiner unbeschreiblichen Güte auf den rechten Weg führen."

Die sechs Stunden habe ich brummen müssen, und der Falkenberg hat mich nicht mehr aufgerufen; er ist immer an mir vorbeigegangen und hat getan, als wenn er mich nicht sieht.

Den Fritz hat er auch nicht leiden können, weil er mein bester Freund ist und immer lacht, wenn er "Kindlein" sagt. Er hat ihn schon zweimal deswegen eingesperrt, und da haben wir gesagt, wir müssen dem Kindlein etwas antun. Der Fritz hat gemeint, wir müssen ihm einen Pulverfrosch in den Katheder legen; aber das geht nicht, weil man es sieht. Dann haben wir ihm Schusterpech auf den Sessel geschmiert. Er hat sich aber die ganze Stunde nicht daraufgesetzt, und dann ist der Schreiblehrer Bogner gekommen und ist hängengeblieben. Das war auch recht, aber für den Kindlein hätte es mich besser gefreut.

Der Fritz wohnt bei dem Malermeister Burkhard und hat ihm eine grüne Ölfarbe genommen, wie der Katheder ist. Die haben wir vor der Religionsstunde geschwind hingestrichen, wo er den Arm auflegt.

Da hat es auf einmal geheißen, der Falkenberg ist krank, und wir haben Geographie dafür. Da ist der Professor Ulrich eingegangen, weil er voll Farbe geworden ist, und er hat den Pedell furchtbar geschimpft, daß er nichts hinschreibt, wenn frisch gestrichen ist.

Der Kindlein ist uns immer ausgekommen, aber wir haben nicht ausgelassen.

Einmal ist er in die Klasse gekommen mit dem Rektor und hat sich auf den Katheder gestellt. Dann hat er gesagt: "Kindlein, freuet euch! Ich habe eine herrliche Botschaft für euch. Ich habe lange gespart, und jetzt habe ich für unsere geliebte Studienkirche die Statue des heiligen Aloysius gekauft, weil er das Vorbild der studierenden Jugend ist. Er wird von dem Postament zu euch hinunterschauen, und ihr werdet zu ihm hinaufschauen. Das wird euch stärken."

Dann hat der Rektor gesagt, daß es unbeschreiblich schön ist von dem Falkenberg, daß er die Statue gekauft hat, und daß unser Gymnasium sich freuen muß. Am Samstag kommt der Heilige, und wir müssen ihn abholen, wo die Stadt anfangt, und am Sonntag ist Enthüllungsfeier.

Da sind sie hinausgegangen und haben es in den anderen Klaßzimmern gesagt. Und ich und der Fritz sind miteinander heimgegangen.

Da hat der Fritz gesagt, daß der Kindlein es mit Fleiß getan hat, daß wir den Aloysius am Samstagnachmittag holen müssen, weil er uns nicht gönnt, daß wir frei haben. Ich habe auch geschimpft und habe gesagt, ich möchte, daß der Wagen umschmeißt.

Dem Fritz sein Hausherr hat es schon gewußt, weil es in der Zeitung gestanden ist. Er kann uns gut leiden und redet oft mit uns und schenkt uns eine Zigarre. Auf den Falkenberg hat er einen Zorn, weil er glaubt, daß sein Pepi wegen dem Falkenberg die Prüfung in der Lateinschule nicht bestanden hat. Ich glaube aber, daß der Pepi zu dumm ist.

Der Hausherr hat gelacht, daß soviel in der Zeitung gestanden ist von dem Heiligen. Er hat gesagt, daß er von Gips ist und daß er ihn nicht geschenkt möchte. Er ist von Mühldorf. Da ist er schon lang gestanden, und niemand hat ihn mögen. Vielleicht hat ihn der Steinmetz hergeschenkt, aber der Falkenberg macht sich schön damit und tut, als wenn er viel gekostet hat. Das ist ein scheinheiliger Tropf, hat der Hausherr gesagt, und wir haben auch geschimpft über den Kindlein.

Dann ist der Samstag gekommen. Das ganze Gymnasium ist aufgestellt worden, und dann haben wir durch die Stadt gehen müssen. Vorne ist der Rektor mit dem Falkenberg gegangen, und dann sind die Professoren gekommen. Der Gruber war nicht dabei, weil er Protestant ist. Oben auf dem Berg ist ein Wirtshaus, wo die Straße von Mühldorf herkommt. Da haben wir gehalten und haben gewartet. Eine halbe Stunde haben wir stehen müssen, bis der Pedell dahergelaufen ist und hat geschrien:" Jetzt bringen sie ihn."

Da ist ein Leiterwagen gekommen, da war eine große Kiste darauf. Der Falkenberg ist hingegangen und hat den Fuhrmann gefragt, ob er von Mühldorf ist und den heiligen Aloysius dabei hat. Der Fuhrmann hat gesagt ja, und er hat einen in der Kiste. Da hat sich der Kindlein geärgert, daß der Wagen so schlecht aussieht und keine Tannenbäume darauf sind.

Aber der Fuhrmann hat gesagt, das geht ihn nichts an, er tut bloß, was ihm sein Herr anschafft.

Da haben wir hinter dem Wagen hergehen müssen, und die Glocken von der Studienkirche haben geläutet, bis wir dort waren.

Vor der Kirche hat der Fuhrmann gehalten, und er hat die Kiste heruntertun wollen.

Aber der Falkenberg hat ihn nicht lassen. Die vier Größten von der Oberklasse mußten sie heruntertun und in die Sakristei tragen. Das war der Pointner und der Reichenberger, die andern zwei habe ich nicht gekannt.

Wir haben gehen dürfen, und das Läuten hat aufgehört. Bloß die vier Oberklaßler mußten dabei sein, wie der Heilige aufgestellt wurde; die anderen nicht, weil erst morgen die Einweihung war. Wir haben aber gewußt, wo er hingestellt wird. Bei dem dritten Fenster, weil dort das Postament war und Blumen herum. Der Fritz und ich sind heimgegangen; zuerst war der Friedmann Karl dabei. Da hat der Fritz gesagt, er muß noch viel büffeln auf den Montag, weil er die dritte Konjugation noch nicht gelernt hat.

"Die haben wir ja gar nicht auf", hat der Friedmann gesagt. " Freilich haben wir sie aufgekriegt. Der Gruber hat es ganz deutlich gesagt", hat der Fritz gesagt. Da ist dem Friedmann angst geworden, weil er immer furchtsam ist, und er ist der Erste.

Er ist gleich von uns weggelaufen und der Fritz hat zu mir gesagt: "Jetzt haben wir unsere Ruhe vor ihm."

Ich fragte, warum er ihn fortgeschickt hat, aber der Fritz wartete, bis niemand in der Nähe war. Dann sagte er, daß er jetzt weiß, wie wir den Kindlein daran kriegen, und daß wir auf den Aloysius einen Stein hineinschmeißen.

Ich glaubte zuerst, er macht Spaß, aber es war ihm Ernst, und er sagte, daß er es allein tut, wenn ich nicht mithelfe.

Da habe ich versprochen, daß ich mittue, aber ich habe mich gefürchtet, denn wenn es aufkommt, ist alles hin.

Aber der Fritz hat gesagt, dann muß man es so machen, daß kein Mensch nichts merkt, und so eine Gelegenheit kriegen wir nicht mehr, daß wir dem Kindlein etwas antun, was er sich merkt. Wir haben ausgemacht, daß wir uns um acht Uhr daß ich mit dem Fritz die dritte Konjugation lernen muß, und bin gleich nach dem Abendessen fort.

Es war schon dunkel, wie ich an die Kastanien hinkam, und ich war froh, daß mir niemand begegnet ist.

Der Fritz war schon da, und wir haben noch gewartet, bis es ganz dunkel war. Dann sind wir neben der Salzach gegangen; einmal haben wir Schritte gehört. Da sind wir hinter einen Busch gestanden und haben uns versteckt.

Es war der Notar; der geht immer spazieren und macht ein Gedicht in das Wochenblatt.

Er hat nichts gemerkt, und wir sind erst wieder vorgegangen, wie er schon weit weg war.

Das Gymnasium und die Studienkirche sind am Ende von der Stadt; es ist kein Mensch hinten, wenn es dunkel ist. Bloß der Pedell, aber er ist auch nicht hinten, sondern beim Sternbräu.

Wir sind hingekommen, und jeder hat einen Stein genommen.

Wir haben die Fenster noch gesehen. Das dritte war es. Der Fritz sagte zu mir: "Du mußt gut rechts schmeißen; wenn es an die Wand hingeht, prallt es schon hinein. Und du mußt halb so hoch schmeißen, wie das Fenster ist; ich probier es höher, dann erwischt ihn schon einer." "Es ist schon recht", sagte ich, und dann haben wir geschmissen. Es hat stark gescheppert, und wir haben gewußt, daß wir das Fenster getroffen haben. Gleich hinter dem Gymnasium sind Haselnußstauden; da haben wir uns versteckt und haben gehorcht. Es ist ganz still gewesen, und der Fritz sagte: "Das ist fein gegangen. Jetzt müssen wir achtgeben, daß uns niemand gehen sieht."

Wir sind schnell gelaufen, aber wenn wir etwas gehört haben, sind wir stehengeblieben. Es ist uns niemand begegnet, und beim Fritz seinem Hausherrn sind wir hinten über den Gartenzaun gestiegen und ganz still die Stiege hinaufgegangen.

Der Fritz hat sein Licht brennen lassen, daß sie glaubten, er ist daheim. Wir setzten uns an den Tisch und haben uns abgewischt, weil wir so schwitzten.

Auf einmal ist wer über die Treppe gegangen und hat geklopft. Ich bin zum Fenster hingelaufen, weil ich noch ganz naß war, aber der Fritz hat seinen Kopf in die Hand gelegt und hat getan, als wenn er lernt.

Es war die Magd vom Expeditor Friedmann, und sie hat gesagt, einen schönen Gruß vom Friedmann Karl, und er glaubt nicht, daß wir die dritte Konjugation aufhaben, weil er den Raithel gefragt hat und den Kanzler, und keiner hat etwas gewußt.

Der Fritz hat seinen Kopf nicht aufheben mögen, weil er auch so geschwitzt hat. Er hat gesagt, daß er es deutlich gehört hat, und er lernt die dritte Konjugation.

Da ist die Magd gegangen, und wir haben gehört, wie sie drunten zu der Frau Burkhard gesagt hat, daß der Fritz so fleißig lernt und daß es grausam ist, wieviel man in der Schule lernen muß.

Am andern Tag ist Sonntag gewesen, und um acht Uhr war die Kirche und die Feier für den Aloysius. Aber sie ist nicht gewesen.

Wie ich hingekommen bin, war alles schwarz vor der Türe, so viele Leute sind herumgestanden.

Um den Pedell ist ein großer Kreis gewesen, der Rektor ist daneben gestanden und der Falkenberg auch.

Sie haben geredet und dann haben sie zu dem Fenster hinaufgezeigt. Da waren zwei Löcher darin. Ich habe den Raithel gefragt,was es gibt.

"Dem Aloysius is die Nase weggehaut", hat er gesagt.

"Haben s' ihn beim Aufstellen runterfallen lassen?" habe ich gefragt.

"Nein, es sind Steine hineingeflogen", hat er gesagt.

Der Föckerer und der Friedmann und der Kanzler sind hergekommen. Der Föckerer macht sich immer gescheit, und er hat gesagt, daß er es zuerst gehört hat.

Er ist dabei gewesen, wie der Falkenberg gekommen ist, und der Pedell hat es ihm gezeigt. Da ist ein furchtbarer Spektakel gewesen, denn wie sie die Löcher in dem Fenster gesehen haben, sind sie hineingegangen, und da haben sie gesehen, daß von dem Aloysius seinem Kopf die Nase und der Mund weg waren, und unten ist alles voll Gips gewesen, und dann hat man zwei Steiner gefunden. Der Föckerer hat gesagt, wenn es aufkommt, wer es getan hat, glaubt er, daß man ihn köpft.

Der Pedell hat es gesagt. Ich habe mich nicht gerührt, und der Fritz auch nicht. Er hat nur zum Friedmann gesagt, daß er jetzt die dritte Konjugation kann.

Ich bin zu den Großen hingegangen, wo die Professoren gestanden sind. Der Pedell hat immer geredet.

Er erzählte alles immer wieder von vorne.

Er hat gesagt, daszlig; er daheim war und nachgedacht hat, ob er vielleicht eine Halbe Bier trinken soll. Auf einmal hat seine Frau gesagt, es hat gescheppert, als wenn eine Fensterscheibe hin ist. "Wo soll eine Fensterscheibe hin sein?" hat er gefragt. Dann haben sie gehorcht, und er hat die Haustüre aufgemacht. Da ist ihm gewesen, als wenn er einen Schritt hört, und er ist in sein Zimmer und hat sein Gewehr geholt. Dann ist er heraus und hat dreimal "Wer da?" gerufen. Denn beim Militär hat er es so gelernt, wo er doch ein Feldwebel war. Und im Krieg haben sie es so gemacht, da ist immer einer Posten gestanden, und wenn er etwas Verdächtiges gehört hat, hat er "Wer da?" rufen müssen. Es hat sich aber nichts mehr gerührt, und er ist im Hofe dreimal herumgegangen und hat nichts gesehen. Und dann ist er zum Sternbräu gegangen, weil er gedacht hat, daß er eine Halbe Bier trinken muß. Er hat gesagt, wenn er einen gesehen hätte, dann hätte er geschossen, denn wenn einer keine Antwort nicht gibt auf "Wer da?", muß er erschossen werden.

Der Rektor hat ihn gefragt, ob er einen Verdacht hat.

Da hat der Pedell gesagt, daß er schon einen hat, aber er hat mit den Augen geblinzelt und hat gesagt, daß er es noch nicht sagen darf, weil er ihn sonst nicht erwischt. Wenn nicht gleich so viele Leute herumgestanden wären, hat der Pedell gesagt, dann hätte er ihn vielleicht schon, weil er die Fußspuren gemessen hätte, aber jetzt ist alles verwischt.

Da hat ihn der Rektor gefragt, ob er glaubt, daß er ihn noch kriegt. Da hat der Pedell wieder mit den Augen geblinzelt und hat gesagt, daß er ihn noch erwischt, weil alle Verbrecher zweimal kommen und den Ort anschauen. Und er paßt jetzt die ganze Nacht mit dem Gewehr und schreit bloß einmal "Wer da?" und er schießt gleich.

Der Falkenberg hat gesagt, er will beten, daß der Verbrecher aufkommt, aber heute ist keine Kirche nicht, weil man den Aloysius wegräumen muß, und wir müssen heimgehen und auch beten, daß es offenbar wird. Da sind alle gegangen, aber ich bin noch stehengeblieben mit dem Friedmann und dem Raithel, weil der Pedell zu uns hergegangen ist und alles wieder erzählt hat, daß es schepperte und daß seine Frau es zuerst gehört hat.

Und er sagte, daß er den Verbrecher erwischt, und bevor eine Woche ganz vorüber ist, erschießt er ihn, oder er schießt ihm vielleicht auf die Füße.

Ich bin zum Fritz gegangen und habe es erzählt. Da haben wir furchtbar lachen müssen.

Hernach ist eine große Untersuchung gewesen, und in jeder Klasse ist gefragt worden, ob keiner nichts weiß.

Und der Kindlein hat gesagt, daß er seinen Schülern keinen Aloysius nicht mehr schenkt, bevor es nicht aufgekommen ist, wer es getan hat.

Wir haben jetzt vor der Religionsstunde immer ein Gebet sagen müssen zur Entdeckung eines gräßlichen Frevels.

Es hat aber nichts geholfen, und niemand weiß etwas, bloß ich und der Fritz wissen es.

Gute Vorsätze

Ich war auf einmal furchtbar fromm. Drei Wochen lang hat uns der Religionslehrer Falkenberg vorbereitet auf die heilige Kommunion, und ich habe zum Fritz gesagt: "Wir müssen ein anderes Leben anfangen."

Den Fritz hat es auch gepackt, weil der Falkenberg einmal so weinte und sagte, er kann es nicht verantworten, einen verdorbenen Knaben zum Tisch des Herrn zu schicken.

Weil neulich vor dem Kommunionsunterricht an die Türschnalle Senf hingeschmiert war und der Religionslehrer meinte, es ist etwas anderes.

Ich habe gewußt, daß es der Fritz getan hat, und ich habe mich schon gefreut, daß der Falkenberg eingegangen ist, aber er hat uns eine halbe Stunde lang beten lassen, daß die Feveltat vorübergeht. Und wie es vorbei war, sagte der Fritz zu mir, ob ich glaube, daß wir es weggebetet haben. Ich sagte, daß ich es glaube, weil der Falkenberg sonst nicht aufgehört hätte. Aber ich sagte: "Du mußt auch ein anderer werden, Fritz. Probier es nur, es geht ganz gut." Er fragte, ob ich es fertiggebracht habe.

Ich sagte: "Ja, weil ich jetzt furchtbar fromm bin. Die Tante Fanny gibt immer Obacht, wenn ich im Gebetbuch lese, und sagt zu Onkel Pepi, daß mit mir eine Veränderung geschehen ist. Sie glaubt, daß ich in mich gegangen bin, und ich glaube es auch, weil ich jetzt schon eine Viertelstunde lang beten kann und nicht denke, wie ich der Tante etwas antue."

Der Fritz sagte, er will morgen anfangen, aber heute muß er noch dem Schuster Rettenberger das Fenster einschmeißen, denn er hat ihn beim Pedell verschuftet, daß er ihn mit einer Zigarre gesehen hat.

Ich sagte, er soll warten bis nach der Kommunion, weil ich mittun möchte, aber Fritz sagte, daß er nicht beten kann, vor er das Fenster kaputtgeschmissen hat, weil er voll Zorn ist.

Der Rettenberger lacht immer, wenn er ihn sieht, und gestern hat er ihm nachgeschrien: "Gelt, ich hab dich schön erwischt, du Lausbub, du miserabliger!"

Da hab ich denn Fritz recht gegeben, weil es eine solche Gemeinheit ist, und ich hätte so gerne mitgetan.

Aber es ging nicht, denn ich habe mich schon acht Tage lang vorbereitet, und da hätte ich wieder von vorne anfangen müssen.

Das ist gar nicht leicht.

Die Tante Fanny hat Obacht gegeben, daß ich nicht auslasse. Sie hat mir recht wenig zum Essen gegeben, weil man sich täglich einmal abtöten muß, aber die Magd hat zu mir gesagt, daß sie ein Knack ist und sparen will.

Vor dem Bettgehen habe ich die Gewissenserforschung treiben müssen; da habe ich den Beichtspiegel vorgelesen, und der Onkel Pepi und die Tante haben alles erklärt. Der Onkel Pepi ist ganz heilig. Er ist Sekretär am Gericht, aber er sagt oft, daß er ein Pfarrer hat werden wollen, aber weil er kein Geld hatte, ist er mit dem Studieren nicht ganz fertig geworden.

Wie er einmal mit der Tante recht gestritten hat, da hat die Tante gesagt, daß er zu dumm war für das Gymnasium. Der Falkenberg mag ihn gerne, weil er alle Tage in die Kirche geht und ihm alles sagt, was die Leute im Wirtshaus reden.

Meine Mutter hat ihm geschrieben, daß er mich unterstützt und belehrt für die heilige Handlung, damit ich so fromm werde wie er.

Das hat ihn gefreut, und er ist alle Tage bis neun Uhr dageblieben und hat gepredigt. Dann ist er ins Wirtshaus gegangen. Einmal hat er aus einem Buche vorgelesen, daß man täglich sein Gewissen erforschen muß und es machen soll wie der heilige Ignatius.

Er hatte alle Sünden in ein Büchlein geschrieben und es unter sein Kopfkissen gesteckt.

Das habe ich auch getan; aber da habe ich es vergessen, und wie ich aus der Klasse heimkam, hat mich der Onkel Pepi gerufen und gesagt: "Du hast voriges Jahr aus meiner Hosentasche zwei Mark gestohlen." Da habe ich gemerkt, daß er meine Gewissenserforschung gelesen hat, aber es waren bloß sechzig Pfennig.

Die Tante hat gesagt, weil es ein Beichtgeheimnis ist, darf man es meiner Mutter nicht schreiben.

Da war ich froh. Nach dem Essen hat der Onkel das Seelenbad vorgelesen, wo eine Geschichte darin stand vom heiligen Antonius. Zu dem ist ein Mann gekommen, der viele Sünden hatte, und hat beichten wollen. Der Heilige hat ihm angeschafft, daß er seine Sünden aufschreibt, und das tat der Mann.

Wie er dann seine Sünden gelesen hat, ist jedesmal eine Sünde ausgelöscht worden.

Der Onkel hat die Geschichte zweimal vorgelesen, und dann hat er zur Tante gesagt:

"Liebe Fanny, es ist auch für uns eine Lehre in diesem wunderbaren Vorfalle. Wenn Gott die Sünden verzeiht, müssen wir dem Beispiele folgen."

"Aber seine Mutter muß es ersetzen", sagte die Tante. "Natürlich", sagte der Onkel, "das ist notwendig wegen der Gerechtigkeit."

"Und du sollst nicht so viel Geld in den Hosensack stecken", sagte die Tante. "Warum nimmst du so viel Geld in das Wirtshaus mit? Drei Glas Bier sind genug für dich, das macht sechsunddreißig Pfennig; aber natürlich, ihr müßt ja der Kellnerin ein Trinkgeld geben, als wenn du etwas zum Verschenken hättest mit deinem Gehalt."

"Das gehört nicht hierher", sagte der Onkel; "was soll der Bursche denken, wenn du seine Aufmerksamkeit ablenkst."

"Er wird denken, daß er dir noch mehr stiehlt, wenn du so viel Geld in den Hosensack steckst", sagte die Tante. "Wer weiß, wieviel er schon genommen hat. Du natürlich weißt es nicht, weil du ja nicht achtgibst, als hättest du das Gehalt von einem Präsidenten."

"Ich habe bloß einmal die sechzig Pfennig genommen", sagte ich.

"Es waren wenigstens zwei Mark", sagte der Onkel, "aber ich verzeihe dir, wenn du es aufrichtig bereust und gegen diesen Fehler ankämpfen willst. Du mußt den heiligen Vorsatz fassen, daß du es nie mehr tust und die Versuchung meidest und meinen Hosensack nie mehr aussuchst."

Ich war furchtbar zornig, aber ich durfte es nicht merken lassen. Ich dachte, wenn die Kommunion vorbei ist, dann will ich ihn schon ärgern, daß er blau wird. Vielleicht mache ich seine Goldfische kaputt oder etwas anderes.

Es waren bloß mehr fünf Tage.

Der Tante Frieda ihre Anna durfte heuer auch zum erstenmal zur Kommunion gehen, und sie haben ein ekelhaftes Getue mit ihr. Die Anna ist eine falsche Katze, und ich habe sie nie leiden mögen, aber jetzt bin ich noch giftiger auf sie, weil die Tante Frieda immer von ihr redet und sich so dick macht damit.

Die Tante Frieda ist die beste Freundin von der Tante Fanny, und sie sagen allemal etwas über meine Mutter, wenn sie beisammen sind.

Am Abend ist die Tante Frieda öfter gekommen, und wie sie einmal gehört hat, daß wir Andachtsübung machen, hat sie zum Onkel Pepi gesagt:

" Du tust ein gutes Werk an dem Burschen; ich fürchte bloß daß es nicht viel hilft."

Und dann fragte sie mich, ob ich mich auf die heilige Handlung ordentlich vorbereite.

Ich sagte, daß ich mich schon zwei Wochen vorbereite.

"Vorbereiten und vorbereiten ist ein Unterschied. Ach Gott", sagte sie, "ich weiß nicht, mein Ännchen flößt mir beinahe Angst ein. So durchgeistigt kommt sie mir vor und so angegriffen von dem Gedanken an ihre erste Kommunion. Und denkt euch nur, wie das Kind spricht! Am letzten Freitag wollte ich ihr ein bißchen Fleischsuppe geben, weil sie doch so schwächlich ist. Aber sie hat es um keinen Preis nicht genommen. Ich sagte, es ist doch eine Kleinigkeit. "Nein", sagte sie, "liebe Mutter, kann das eine Kleinigkeit sein, was Gott beleidigt?" Und ihre Augen glänzten ganz dabei. Mir ist ganz anders geworden. Liebe Mutter, hat sie gesagt, kann das eine Kleinigkeit sein, was Gott beleidigt?"

Tante Fanny war erstaunt und nickte mit dem Kopfe auf und ab, und der Onkel Pepi machte große Augen auf mich und hatte Wasser darin. Er sagte zu mir: "Hörst du das?"

Ich sagte, daß ich es schon gelesen habe, weil es eine Heiligengeschichte ist, die wo in unserem Vorbereitungsbuche steht.

Tante Frieda ärgerte sich furchtbar, daß ich es wußte. Sie sagte, daß sie es nicht glaubt, weil ich immer lüge, aber wenn es wahr ist, dann macht es auch nichts, weil man sieht, daß Ännchen die Moral in sich aufgenommen hat.

Und sie erzählte, daß Anna gestern nicht geschlafen hat und weinend im Bett gesessen hat. "Was hast du, Kind?" hat sie gefragt. "Ich habe ein Stück Brotrinde gegessen", hat Anna gesagt. 'Warum sollst du keine Brotrinde nicht essen?" hat die Tante Frieda gefragt. "Weil das Essen schon vorbei war, und die Brotrinde war nicht mehr für mich bestimmt, das war ein Unrecht, und ich habe so fest vorgehabt, daß ich keine Sünde mehr begehe", hat die Anna gesagt, und sie hat noch mehr geweint. "So ist das Kind", sagte die Tante

Frieda, " sie kommt mir oft überirdisch vor, und ich kann sie nicht beruhigen."

"Es gibt Kinder, welche zwei und drei Mark aus einem Hosensacke stehlen und keine Unruhe verspüren", sagte Onkel Pepi.

Und Tante Frieda wußte es schon von der Tante Fanny und sagte: "Es ist der Fluch der milden Erziehung."

Das habe ich alles hören müssen, und ich war froh, wie der Kommunionstag da war. Meine liebe Mutter hat mir einen schwarzen Anzug geschickt und eine große Kerze. Sie hat mir geschrieben, daß es ihr weh tut, weil sie nicht dabei sein kann, aber ich soll mir vornehmen, ein anderes Leben anzufangen und ihr bloß Freude zu machen.

Das habe ich mir auch vorgenommen.

Wir waren vierzehn Erstkommunikanten von der Lateinschule, und die Frau Pedell hat zu uns gesagt, daß sie weinen muß, weil wir so feierlich ausgesehen haben, wie lauter Engel. Der Fritz hat auch ein ernstes Gesicht gemacht, und ich habe ihn beinahe nicht gekannt, wie er langsam neben mir hergegangen ist.

Wir waren auf der einen Seite aufgestellt. Auf der anderen Seite waren die Mädel aufgestellt von der höheren Töchterschule. Da war die Anna dabei. Sie hat ein weißes Kleid angehabt und Locken gebrennt. Ich habe sie in der Sakristei angeredet, bevor wir in die Kirche hineinzogen.

Sie sagte, daß sie heute recht heiß und innig für meine Besserung beten will.

Ich habe mich nicht geärgert, weil ich so friedfertig war, und in der Kirche war ich nicht wie sonst. Ich habe gar nicht gemerkt, daß es lang gedauert hat, und ich habe nicht gedacht, was ich nachher tue. Ich habe gemeint, es ist jetzt alles anders.

Viele Eltern, die da waren, haben ihre Kinder geküßt, wie alles vorbei war, und ich bin zur Tante Fanny und zum Onkel Pepi hingegangen.

Da stand die Tante Frieda bei ihnen und sagte zu mir: "Du hast die dickste Kerze gehabt. Keiner hat eine so dicke Kerze gehabt wie du. Sie hat gewiß um zwei Mark mehr gekostet als die, welche ich meinem Ännchen gab. Aber deine Mutter will immer oben hinaus."

Und die Tante Fanny sagte: "Natürlich, wenn man einen höheren Beamten geheiratet hat."

Da habe ich gesehen, daß sie einen nicht fromm sein lassen, und ich habe mit dem Fritz was ausgemacht.

Er wohnt auch in der weiten Gasse und kann der Tante Frieda in die Wohnung sehen. Da steht ein Schrank mit einem Spiegel; und der Fritz hat eine Luft Pistole.

Aber jetzt hat der Spiegel auf einmal ein Loch gehabt.

Besserung

Wie ich in die Ostervakanz gefahren bin, hat die Tante Fanny gesagt: "Vielleicht kommen wir zum Besuch zu deiner Mutter. Sie hat uns so dringend eingeladen, daß wir sie nicht beleidigen dürfen."

Und Onkel Pepi sagte, er weiß es nicht, ob es geht, weil er soviel Arbeit hat, aber er sieht es ein, daß er den Besuch nicht mehr hinausschieben darf. Ich fragte ihn, ob er nicht lieber im Sommer kommen will, jetzt ist es noch so kalt, und man weiß nicht, ob es nicht auf einmal schneit. Aber die Tante sagte: "Nein, deine Mutter muß bös werden, wir haben es schon so oft versprochen." Ich weiß aber schon, warum sie kommen wollen; weil wir auf Ostern das Geräucherte haben und Eier und Kaffeekuchen, und Onkel Pepi ißt so furchtbar viel. Daheim darf er nicht so, weil Tante Fanny gleich sagt, ob er nicht an sein Kind denkt.

Sie haben mich an den Postomnibus begleitet, und Onkel Pepi hat freundlich getan und hat gesagt, es ist auch gut für mich, wenn er kommt, daß er den Aufruhr beschwichtigen kann über mein Zeugnis.

Es ist wahr, daß es furchtbar schlecht gewesen ist, aber ich finde schon etwas zum Ausreden. Dazu brauche ich ihn nicht.

Ich habe mich geärgert, daß sie mich begleitet haben, weil ich mir Zigarren kaufen wollte für die Heimreise, und jetzt konnte ich nicht. Der Fritz war aber im Omnibus und hat zu mir gesagt, daß er genug hat, und wenn es nicht reicht, können wir im Bahnhof in Mühldorf noch Zigarren kaufen.

Im Omnibus haben wir nicht rauchen dürfen, weil der Oberamtsrichter Zirngiebl mit seinem Heinrich darin war, und wir haben gewußt, daß er ein Freund vom Rektor ist und ihm alles verschuftet.

Der Heinrich hat ihm gleich gesagt, wer wir sind. Er hat es ihm in das Ohr gewispert, und ich habe gehört, wie er bei meinem Namen gesagt hat: "Es ist der Letzte in unserer Klasse und hat in der Religion auch einen Vierer."

Da hat mich der Oberamtsrichter angeschaut, als wenn ich aus einer Menagerie bin, und auf einmal hat er zu mir und zum Fritz gesagt:

"Nun, ihr Jungens, gebt mir einmal eure Zeugnisse, daß ich sie mit dem Heinrich dem seinigen vergleichen kann."

Ich sagte, daß ich es im Koffer habe, und er liegt auf dem Dache vom Omnibus. Da hat er gelacht und hat gesagt, er kennt das schon. Ein gutes Zeugnis hat man immer in der Tasche. Alle Leute im Omnibus haben gelacht, und ich und der Fritz haben uns furchtbar geärgert, bis wir in Mühldorf ausgestiegen sind.

Der Fritz sagte, es reut ihn, daß er nicht gesagt hat, bloß die Handwerksburschen müssen dem Gendarm ihr Zeugnis hergeben. Aber es war schon zu spät. Wir haben im Bahnhof Bier getrunken, da sind wir wieder lustig geworden und sind in die Eisenbahn eingestiegen.

Wir haben vom Kondukteur ein Rauchcoupe verlangt und sind in eins gekommen, wo schon Leute darin waren. Ein dicker Mann ist am Fenster gesessen, und an seiner Uhrkette war ein großes silbernes Pferd.

Wenn er gehustet hat, ist das Pferd auf seinem Bauch getanzt und hat gescheppert. Auf der anderen Bank ist ein kleiner Mann gesessen mit einer Brille, und er hat immer zu dem Dicken gesagt, Herr Landrat, und der Dicke hat zu ihm gesagt, Herr Lehrer. Wir haben es aber auch so gemerkt, daß er ein Lehrer ist, weil er seine Haare nicht geschnitten gehabt hat.

Wie der Zug gegangen ist, hat der Fritz eine Zigarre angezündet und den Rauch auf die Decke geblasen, und ich habe es auch so gemacht.

Eine Frau ist neben mir gewesen, die ist weggerückt und hat mich angeschaut, und in der anderen Abteilung sind die Leute aufgestanden und haben herübergeschaut. Wir haben uns furchtbar gefreut, daß sie alle so erstaunt sind, und der Fritz hat recht laut gesagt, er muß sich von dieser Zigarre fünf Kisten bestellen, weil sie so gut ist.

Da sagte der dicke Mann: "Bravo, so wachst die Jugend her", und der Lehrer sagte: "Es ist kein Wunder, was man lesen muß, wenn man die verrohte Jugend sieht."

Wir haben getan, als wenn es uns nichts angeht, und die Frau ist immer weitergerückt, weil ich so viel ausgespuckt habe. Der Lehrer hat so giftig geschaut, daß wir uns haben ärgern müssen, und der Fritz sagte, ob ich weiß, woher es kommt, daß die Schüler in der ersten Lateinklasse so schlechte Fortschritte machen, und er glaubt, daß die Volksschulen immer schlechter werden. Da hat der Lehrer furchtbar gehustet, und der Dicke hat gesagt, ob es heute kein Mittel mehr gibt für freche Lausbuben. Der Lehrer sagte, man darf es nicht mehr anwenden wegen der falschen Humanität, und weil man gestraft wird, wenn man einen bloß ein bißchen auf den Kopf haut.

Alle Leute im Wagen haben gebrummt: "Das ist wahr", und die Frau neben mir hat gesagt, daß die Eltern dankbar sein müssen, wenn man solchen Burschen ihr Sitzleder verhaut. Und da haben wieder alle gebrummt, und ein großer Mann in der anderen Abteilung ist aufgestanden und hat mit einem tiefen Baß gesagt: "Leider, leider gibt es keine vernünftigen Öltern nicht mehr."

Der Fritz hat sich gar nichts daraus gemacht und hat mich mit dem Fuß gestoßen, daß ich auch lustig sein soll. Er hat einen blauen Zwicker aus der Tasche genommen und hat ihn aufgesetzt und hat alle Leute angeschaut und hat den Rauch durch die Nase gehen lassen.

Bei der nächsten Station haben wir uns Bier gekauft, und wir haben es schnell ausgetrunken. Dann haben wir die Gläser zum Fenster hinausgeschmissen, ob wir vielleicht einen Bahnwärter treffen.

Da schrie der große Mann: "Diese Burschen muß man züchtigen", und der Lehrer schrie: "Ruhe, sonst bekommt ihr ein paar Ohrfeigen!" Der Fritz sagte: "Sie können's schon probieren, wenn Sie einen Schneid haben." Da hat sich der Lehrer nicht getraut, und er hat gesagt: "Man darf keinen mehr auf den Kopf hauen, sonst wird man selbst gestraft." Und der große Mann sagte: "Lassen Sie es gehen, ich werde diese Burschen schon kriegen." Er hat das Fenster aufgemacht und hat gebrüllt: "Konduktör, Konduktör!"

Der Zug hat gerade gehalten, und der Kondukteur ist gelaufen, als wenn es brennt. Er fragte, was es gibt, und der große Mann sagte: "Die Burschen haben Biergläser zum Fenster hinausgeworfen. Sie müssen arretiert werden."

Aber der Kondukteur war zornig, weil er gemeint hat, es ist ein Unglück geschehen, und es war gar nichts.

Er sagte zu dem Mann: "Deswegen brauchen Sie doch keinen solchen Spektakel nicht zu machen." Und zu uns hat er gesagt: "Sie dürfen es nicht tun, meine Herren." Das hat mich gefreut, und ich sagte: "Entschuldigen Sie, Herr Oberkondukteur, wir haben nicht gewußt, wo wir die Gläser hinstellen müssen, aber wir schmeißen jetzt kein Glas nicht mehr hinaus." Der Fritz fragte ihn, ob er keine Zigarre nicht will, aber er sagte, nein, weil er keine so starken nicht raucht.

Dann ist er wieder gegangen, und der große Mann hat sich hingesetzt und hat gesagt, er glaubt, der Kondukteur ist ein Preuße. Alle Leute haben wieder gebrummt, und der Lehrer sagte immer: "Herr Landrat, ich muß mich furchtbar zurückhalten, aber man darf keinen mehr auf den Kopf hauen."

Wir sind weitergefahren, und bei der nächsten Station haben wir uns wieder ein Bier gekauft. Wie ich es ausgetrunken habe, ist mir ganz schwindlig geworden, und es hat sich alles zu drehen angefangen. Ich habe den Kopf zum Fenster hinausgehalten, ob es mir nicht besser wird. Aber es ist mir nicht besser geworden, und ich habe mich stark zusammengenommen, weil ich glaubte, die Leute meinen sonst, ich kann das Rauchen nicht vertragen.

Es hat nichts mehr geholfen, und da habe ich geschwind meinen Hut genommen.

Die Frau ist aufgesprungen und hat geschrien, und alle Leute sind aufgestanden, und der Lehrer sagte: "Da haben wir es." Und der große Mann sagte in der anderen Abteilung: "Das sind die Burschen, aus denen man die Anarchisten macht."

Mir ist alles gleich gewesen, weil mir so schlecht war.

Ich dachte, wenn ich wieder gesund werde, will ich nie mehr Zigarren rauchen und immer folgen und meiner lieben Mutter keinen Verdruß nicht mehr machen. Ich dachte, wieviel schöner möchte es sein, wenn es mir jetzt nicht schlecht wäre, und ich hätte ein gutes Zeugnis in der Tasche, als daß ich jetzt den Hut in der Hand habe, wo ich mich hineingebrochen habe.

Fritz sagte, er glaubt, daß es mir von einer Wurst schlecht geworden ist.

Er wollte mir helfen, daß die Leute glauben, ich bin ein Gewohnheitsraucher.

Aber es war mir nicht recht, daß er gelogen hat. Ich war auf einmal ein braver Sohn und hatte einen Abscheu gegen die Lüge.

Ich versprach dem lieben Gott, daß ich keine Sünde nicht mehr tun wollte, wenn er mich wieder gesund werden läßt. Die Frau neben mir hat nicht gewußt, daß ich mich bessern will, und sie hat immer geschrien, wie lange sie den Gestank noch aushalten muß.

Da hat der Fritz den Hut aus meiner Hand genommen und hat ihn zum Fenster hinausgehalten und hat ihn ausgeleert. Es ist aber viel auf das Trittbrett gefallen, daß es geplatscht hat, und wie der Zug in der Station gehalten hat, ist der Expeditor hergelaufen und hat geschrien: "Wer ist die Sau gewesen? Herrgottsakrament, Konduktör, was ist das für ein Saustall?"

Alle Leute sind an die Fenster gestürzt und haben hingeschaut, wo das schmutzige Trittbrett gewesen ist.

Und der Kondukteur ist gekommen und hat es angeschaut und hat gebrüllt: "Wer war die Sau?"

Der große Herr sagte zu ihm: "Es ist der nämliche, der mit Bierflaschen schmeißt, und Sie haben es ihm erlaubt."

"Was ist das mit den Bierflaschen?" fragte der Expeditor. "Sie sind ein gemeiner Mensch", sagte der Kondukteur, "wenn Sie sagen, daß ich es erlaubt habe, daß er mit die Bierflaschen schmeißt."

"Was bin ich?" fragte der große Herr.

"Sie sind ein gemeiner Lügner", sagte der Kondukteur, "ich habe es nicht erlaubt."

"Tun Sie nicht so schimpfen", sagte der Expeditor, "wir müssen es mit Ruhe abmachen."

Alle Leute im Wagen haben durcheinandergeschrien, daß wir solche Lausbuben sind und daß man uns arretieren muß. Am lautesten hat der Lehrer gebrüllt, und er hat immer gesagt, er ist selbst ein Schulmann. Ich habe nichts sagen können, weil mir so schlecht war, aber der Fritz hat für mich geredet, und er hat den Expeditor gefragt, ob man arretiert werden muß, wenn man auf einem Bahnhof eine giftige Wurst kriegt. Zuletzt hat der Expeditor gesagt, daß ich nicht arretiert werde, aber daß das Trittbrett gereinigt wird, und ich muß es bezahlen. Es kostet eine Mark. Dann ist der Zug wieder gefahren, und ich habe immer den Kopf zum Fenster hinausgehalten, daß es mir besser wird.

In Endorf ist der Fritz ausgestiegen, und dann ist meine Station gekommen. Meine Mutter und Ännchen waren auf dem Bahnhof und haben mich erwartet.

Es ist mir noch immer ein bißchen schlecht gewesen, und ich habe so Kopfweh gehabt.

Da war ich froh, daß es schon Nacht war, weil man nicht gesehen hat, wie ich blaß bin. Meine Mutter hat mir einen Kuß gegeben und hat gleich gefragt: "Nach was riechst du, Ludwig?" Und Ännchen fragte: "Wo hast du deinen Hut, Ludwig?" Da habe ich gedacht, wie traurig sie sein möchten, wenn ich ihnen die Wahrheit sage, und ich habe gesagt, daß ich in Mühldorf eine giftige Wurst gegessen habe und daß ich froh bin, wenn ich einen Kamillentee kriege.

Wir sind heimgegangen, und die Lampe hat im Wohnzimmer gebrannt, und der Tisch war aufgedeckt.

Unsere alte Köchin Theres ist hergelaufen, und wie sie mich gesehen hat, da hat sie gerufen: "Jesus Maria, wie schaut unser Bub aus! Das kommt davon, weil Sie ihn so viel studieren lassen, Frau Oberförster."

Meine Mutter sagte, daß ich etwas Unrechtes gegessen habe, und sie soll mir schnell einen Tee machen. Da ist die Theres geschwind in die Küche, und ich habe mich auf das Kanapee gesetzt. Unser Bürschel ist immer an mich hinaufgesprungen und hat mich abschlecken gewollt. Und alle haben sich gefreut, daß ich da bin. Es ist mir ganz weich geworden, und wie mich meine liebe Mutter gefragt hat, ob ich brav gewesen bin, habe ich gesagt, ja, aber ich will noch viel braver werden.

Ich sagte, wie ich die giftige Wurst drunten hatte, ist mir eingefallen, daß ich vielleicht sterben muß und daß die Leute meinen, es ist nicht schade darum.

Da habe ich mir vorgenommen, daß ich jetzt anders werde und alles tue, was meiner Mutter Freude macht und viel lerne und nie keine Strafe mehr heimbringe, daß sie alle auf mich stolz sind.

Ännchen schaute mich an und sagte: "Du hast gewiß ein furchtbar schlechtes Zeugnis heimgebracht, Ludwig?"

Aber meine Mutter hat es ihr verboten, daß sie mich ausspottet, und sie sagte: "Du sollst nicht so reden, Ännchen, wenn er doch krank war und sich vorgenommen hat, ein neues Leben zu beginnen. Er wird es schon halten und mir viele Freude machen." Da habe ich weinen müssen, und die alte Theres hat es auch gehört, daß ich vor meinem Tod solche Vorsätze genommen habe. Sie hat furchtbar laut geweint und hat geschrien: "Es kommt von dem vielen Studieren, und sie machen unsern Buben noch kaputt."

Meine Mutter hat sie getröstet, weil sie gar nicht mehr aufgehört hat.

Da bin ich ins Bett gegangen, und es war so schön, wie ich darin gelegen bin. Meine Mutter hat noch bei der Türe hereingeleuchtet und hat gesagt: "Erhole dich recht gut, Kind." Ich bin noch lange aufgewesen und habe gedacht, wie ich jetzt brav sein werde.

Onkel Franz

Da bekam meine Mutter einen Brief von Onkel Franz, welcher ein pensionierter Major war. Und sie sagte, daß sie recht froh ist, weil der Onkel schrieb, er will schon einen ordentlichen Menschen aus mir machen, und es kostet achtzig Mark im Monat. Dann mußte ich in die Stadt, wo Onkel wohnte. Das war sehr traurig. Es war über vier Stiegen, und es waren lauter hohe Häuser herum und kein Garten. Ich durfte nie spielen, und es war überhaupt niemand da. Bloß der Onkel Franz und die Tante Anna, welche den ganzen Tag herumgingen und achtgaben, daß nichts passierte. Aber der Onkel war so streng zu mir und sagte immer, wenn er mich sah: "Warte nur, du Lausbub, ich krieg dich schon noch."

Vom Fenster aus konnte man auf die Straße hinunterspucken, und es klatschte furchtbar, wenn es danebenging. Aber wenn man die

Leute traf, schauten sie zornig herum und schimpften abscheulich. Da habe ich oft gelacht, aber sonst war es gar nicht lustig.

Der Professor konnte mich nicht leiden, weil er sagte, daß ich einen sehr schlechten Ruf mitgebracht hatte. Es war aber nicht wahr, denn das schlechte Zeugnis war bloß deswegen, weil ich der Frau Rektor ein Brausepulver in den Nachthafen getan hatte.

Das war aber schon lang, und der Professor hätte mich nicht so schinden brauchen. Der Onkel Franz hat ihn gut gekannt und ist oft hingegangen zu ihm. Dann haben sie ausgemacht, wie sie mich alle zwei erwischen können.

Wenn ich von der Schule heimkam, mußte ich mich gleich wieder hinsetzen und die Aufgaben machen. Der Onkel schaute mir immer zu und sagte: "Machst du es wieder recht dumm? Wart nur, du Lausbub, ich komm dir schon noch."

Einmal mußte ich eine Arithmetikaufgabe machen. Die brachte ich nicht zusammen, und da fragte ich den Onkel, weil er zu meiner Mutter gesagt hatte, daß er mir nachhelfen will. Und die Tante hat auch gesagt, daß der Onkel so gescheit ist und daß ich viel lernen kann bei ihm.

Deswegen habe ich ihn gebeten, daß er mir hilft, und er hat sie dann gelesen und gesagt: "Kannst du schon wieder nichts, du nichtsnutziger Lausbub? Das ist doch ganz leicht."

Und dann hat er sich hingesetzt und hat es probiert. Es ging aber gar nicht schnell. Er rechnete den ganzen Nachmittag, und wie ich ihn fragte, ob er es noch nicht fertig hat, schimpfte er mich fürchterlich und war sehr grob. Erst vor dem Essen brachte er mir die Rechnung und sagte: "Jetzt kannst du es abschreiben; es war doch ganz leicht, aber ich habe noch etwas anderes tun müssen, du Dummkopf."

Ich habe es abgeschrieben und dem Professor gegeben. Am Donnerstag kam die Aufgabe heraus, und ich meinte, daß ich einen Einser kriege. Es war aber wieder ein Vierer, und das ganze Blatt war rot, und der Professor sagte: "So eine dumme Rechnung kann bloß ein Esel machen."

"Das war mein Onkel", sagte ich, "der hat es gemacht, und ich habe es bloß abgeschrieben."

Die ganze Klasse hat gelacht, und der Professor wurde aber rot. "Du bist ein gemeiner Lügner", sagte er,"und du wirst noch im Zuchthaus enden." Dann sperrte er mich zwei Stunden ein. Der

Onkel wartete schon auf mich, weil er mich durchhaute, wenn ich eingesperrt war. Ich schrie aber gleich, daß er schuld ist, weil er die Rechnung so falsch gemacht hat, und daß der Professor gesagt hat, so was kann bloß ein Esel machen.

Da haute er mich erst recht durch, und dann ging er fort. Der Greither Heinrich, mein Freund, hat ihn gesehen, wie er auf der Straße mit dem Professor gegangen ist und wie sie immer stehenblieben und der Onkel recht eifrig geredet hat.

Am nächsten Tag hat mich der Professor aufgerufen und sagte: "Ich habe deine Rechnung noch einmal durchgelesen; sie ist ganz richtig, aber nach einer alten Methode, welche es nicht mehr gibt. Es schadet dir aber nichts, daß du eingesperrt warst, weil du es eigentlich immer verdienst, und weil du beim Abschreiben Fehler gemacht hast."

Das haben sie miteinander ausgemacht, denn der Onkel sagte gleich, wie ich heimkam: "Ich habe mit deinem Professor gesprochen. Die Rechnung war schon gut, aber du hast beim Abschreiben nicht aufgepaßt, du Lausbub."

Ich habe schon aufgepaßt, es war nur ganz falsch.

Aber meine Mutter schrieb mir, daß ihr der Onkel geschrieben hat, daß er mir nicht mehr nachhelfen kann, weil ich die einfachsten Rechnungen nicht abschreiben kann und weil er dadurch in Verlegenheit kommt.

Das ist ein gemeiner Mensch.

Der Meineid

Werners Heinrich sagte, seine Mama hat ihm den Umgang mit mir verboten, weil ich so was Rohes in meinem Benehmen habe und weil ich doch bald davongejagt werde. Ich sagte zu Werners Heinrich, daß ich auf seine Mama pfeife, und ich bin froh, wenn ich nicht hin muß, weil es in seinem Zimmer so muffelt. Dann sagte er, ich bin ein gemeiner Kerl, und ich gab ihm eine feste auf die Backe und ich schmiß ihn an den Ofenschirm, daß er hinfiel.

Und dann war ihm ein Zahn gebrochen, und die Samthose hatte ein großes Loch über dem Knie.

Am Nachmittag kam der Pedell in unsere Klasse und meldete, daß ich zum Herrn Rektor hinunter soll.

Ich ging hinaus und schnitt bei der Tür eine Grimasse, daß alle lachen mußten. Es hat mich aber keiner verschuftet, weil sie schon wußten, daß ich es ihnen heimzahlen würde. Werners Heinrich hat es nicht gesehen, weil er daheim blieb, weil er den Zahn nicht mehr hatte.

Sonst hätte er mich schon verschuftet.

Ich mußte gleich zum Herrn Rektor hinein, der mich mit seinen grünen Augen sehr scharf ansah.

"Da bist du schon wieder, ungezogener Bube", sagte er, "wirst du uns nie von deiner Gegenwart befreien ? "

Ich dachte mir, daß ich sehr froh sein möchte, wenn ich den ekelhaften Kerl nicht mehr sehen muß, aber er hatte mich doch selber gerufen.

"Was willst du eigentlich werden", fragte er, "du verrohtes Subjekt? Glaubst du, daß du jemals die humanistischen Studien vollenden kannst?"

Ich sagte, daß ich das schon glaube. Da fuhr er mich aber an und schrie so laut, daß es der Pedell draußen hörte und es allen erzählte. Er sagte, daß ich eine Verbrechernatur habe und eine katilinarische Existenz bin und daß ich höchstens ein gemeiner Handwerker werde und daß schon im Altertum alle verworfenen Menschen so angefangen haben wie ich.

"Der Herr Ministerialrat Werner war bei mir", sagte er, " und schilderte mir den bemitleidenswerten Zustand seines Sohnes", und dann gab er mir sechs Stunden Karzer als Rektoratsstrafe wegen entsetzlicher Roheit. Und meine Mutter bekam eine Rechnung vom Herrn Ministerialrat, daß sie achtzehn Mark bezahlen mußte für die Hose.

Sie weinte sehr stark, nicht wegen dem Geld, obwohl sie fast keines hatte, sondern weil ich immer wieder was anfange. Ich ärgerte mich furchtbar, daß meine Mutter soviel Kummer hatte, und nahm mir vor, daß es Werners Heinrich nicht gut gehen soll.

Die zerrissene Hose hat uns der Herr Ministerialrat nicht gegeben, obwohl er eine neue verlangte.

Am nächsten Sonntag nach der Kirche wurde ich auf dem Rektorat eingesperrt. Das war fad.

In dem Zimmer waren die zwei Söhne vom Herrn Rektor. Der eine mußte übersetzen und hatte lauter dicke Bücher auf seinem Tische, in denen er nachschlagen mußte. Jedesmal, wenn sein Vater hereinkam, blätterte er furchtbar schnell um und fuhr mit dem Kopfe auf und ab.

"Was suchst du, mein Sohn?" fragte der Rektor. Er antwortete nicht gleich, weil er ein Trumm Brot im Munde hatte. Er schluckte es aber doch hinunter und sagte, daß er ein griechisches Wort sucht, welches er nicht finden kann. Es war aber nicht wahr; er hatte gar nicht gesucht, weil er immer Brot aus der Tasche aß. Ich habe es ganz gut gesehen.

Der Rektor lobte ihn aber doch und sagte, daß die Götter den Schweiß vor die Tugend hinstellen, oder so was.

Dann ging er zum andern Sohn, welcher an einer Staffelei stand und zeichnete. Das Bild war schon beinah fertig. Es war eine Landschaft mit einem See und viele Schiffe darauf. Die Frau Rektor kam auch herein und sah es an, und der Rektor war sehr lustig. Er sagte, daß es bei dem Schlußfeste ausgestellt wird, und daß alle Besucher sehen können, daß die schönen Künste gepflegt werden.

Dann gingen sie, und die zwei Söhne gingen auch, weil es zum Essen Zeit war. Ich mußte allein bleiben und bekam nichts zu essen. Ich machte mir aber nichts daraus, weil ich eine Salami bei mir hatte, und ich dachte mir, daß die zwei dürren Rektorssöhne froh wären, wenn sie so viel kriegten.

Der Ältere stellte sein Bild an das Fenster im Nebenzimmer. Das sah ich genau. Ich wartete, bis alle draußen waren, und las dann die Geschichte vom schwarzen Apachenwolf weiter, die ich heimlich dabei hatte.

Um vier Uhr wurde ich herausgelassen vom Pedell. Er sagte: "So, diesmal warst du aber feste drin." Ich sagte: "Das macht mir gar nichts." Es machte mir aber schon etwas, weil es so furchtbar fad war. Am Montagnachmittag kam der Rektor in die Klasse und hatte einen ganz roten Kopf.

Er schrie, gleich wie er herein war: "Wo ist der Thoma?" Ich stand auf. Dann ging es an. Er sagte, ich habe ein Verbrechen begangen, welches in den Annalen der Schule unerhört ist, eine herostratische Tat, die gleich nach dem Brande des Dianatempels kommt. Und ich kann meine Lage nur durch ein reumütiges Geständnis einigermaßen verbessern.

Dabei riß er den Mund auf, daß man seine abscheulichen Zähne sah, und spuckte furchtbar und rollte seine Augen.

Ich sagte: "Ich weiß nichts; ich habe doch gar nichts getan ."

Er hieß mich einen verruchten Lügner, der den Zorn des Himmels auf sich zieht. Aber ich sagte: "Ich weiß doch gar nichts." Und dann fragte er alle in der Klasse, ob sie nichts gegen mich aussagen können, aber niemand wußte nichts.

Und dann sagte er es unserem Professor. In der Frühe sah man, daß im Zimmer neben dem Rektorat das Fenster eingeschmissen war, und ein großer Stein lag am Boden, der war auch durch das Bild gegangen, welches der Sohn gemalt hatte, und es war kaputt und lag auf dem Boden.

Unser Professor war ganz entsetzt, und sein Bart und seine Haare standen in die Höhe. Er fuhr auf mich los und brüllte:

"Gestehe es, Verruchter, hast du diese schändliche Tat begangen?" Ich sagte, ich weiß doch gar nichts, das wird mir schon zu arg, daß ich alles getan haben muß.

Der Rektor schrie wieder: "Wehe dir, dreimal wehe! Wenn ich dich entdecke! Es kommt doch an die Sonne."

Und dann ging er hinaus. Und nach einer Stunde kam der Pedell und holte mich auf das Rektorat. Da war schon unser Religionslehrer da und der Rektor. Das Bild lag auf einem Stuhl und der Stein auch. Davor stand ein kleiner Tisch. Der war mit einem schwarzen Tuch bedeckt, und zwei brennende Kerzen waren da und ein Kruzifix.

Der Religionslehrer legte seine Hand auf meinen Kopf und tat recht gütig, obwohl er mich sonst gar nicht leiden konnte. "Du armer, verblendeter Junge", sagte er, "nun schütte dein Herz aus und gestehe mir alles. Es wird dir wohltun und dein Gewissen erleichtern." "Und es wird deine Lage verbessern", sagte der Rektor.

"Ich war es doch gar nicht. Ich habe doch gar kein Fenster nicht hineingeschmissen", sagte ich.

Der Religionslehrer sah jetzt sehr böse aus. Dann sagte er zum Rektor: "Wir werden jetzt sofort Klarheit haben. Das Mittel hilft bestimmt." Er führte mich zum Tische, vor die Kerzen hin, und sagte furchtbar feierlich:

"Nun frage ich dich vor diesen brennenden Lichtern. Du kennst die schrecklichen Folgen des Meineides vom Religionsunterrichte. Ich frage dich: Hast du den Stein hineingeworfen? Ja – oder nein?" "Ich habe doch gar keinen Stein nicht hineingeschmissen", sagte ich.

"Antworte ja – oder nein, im Namen alles Heiligen ! "

"Nein", sagte ich.

Der Religionslehrer zuckte die Achseln und sagte: "Nun war er es doch nicht. Der Schein trügt."

Dann schickte mich der Rektor fort.

Ich bin recht froh, daß ich gelogen habe und nichts eingestand, daß ich am Sonntagabend den Stein hineinschmiß, wo ich wußte, daß das Bild war. Denn ich hätte meine Lage gar nicht verbessert und wäre davongejagt worden. Das sagte der Rektor bloß so. Aber ich bin nicht so dumm.

Die Verlobung

Unser Klaßprofessor Bindinger hatte es auf meine Schwester Marie abgesehen.

Ich merkte es bald, aber daheim taten alle so geheimnisvoll, daß ich nichts erfahre.

Sonst hat Marie immer mit mir geschimpft, und wenn meine Mutter sagte: "Ach Gott, ja!", mußte sie immer noch was dazutun und sagte, ich bin ein nichtsnutziger Lausbub. Auf einmal wurde sie ganz sanft. Wenn ich in die Klasse ging, lief sie mir oft bis an die Treppe nach und sagte: "Magst du keinen Apfel mitnehmen, Ludwig?" Und dann gab sie Obacht, daß ich einen weißen Kragen anhatte, und band mir die Krawatte, wenn ich es nicht recht gemacht hatte. Einmal kaufte sie mir eine neue, und sonst hat sie sich nie darum gekümmert. Das kam mir gleich verdächtig vor, aber ich wußte nicht, warum sie es tat.

Wenn ich heimkam, fragte sie mich oft: "Hat dich der Herr Professor aufgerufen? Ist der Herr Professor freundlich zu dir?"

"Was geht denn dich das an?" sagte ich. "Tu nicht gar so gescheit! Auf dich pfeife ich!"

Ich meinte zuerst, das ist eine neue Mode von ihr, weil die Mädel alle Augenblicke was anderes haben, daß sie recht gescheit aussehen. Hinterher habe ich mich erst ausgekannt.

Der Bindinger konnte mich nie leiden, und ich ihn auch nicht. Er war so dreckig.

Zum Frühstück hat er immer weiche Eier gegessen; das sah man, weil sein Bart voll Dotter war.

Er spuckte einen an, wenn er redete, und seine Augen waren so grün wie von einer Katze. Alle Professoren sind dumm, aber er war noch dümmer.

Die Haare ließ er sich auch nicht schneiden und hatte viele Schuppen.

Wenn er von den alten Deutschen redete, strich er seinen Bart und machte sich eine Baßstimme.

Ich glaube aber nicht, daß sie einen solchen Bauch hatten und so abgelatschte Stiefel wie er.

Die andern schimpfte er, aber mich sperrte er ein, und er sagte immer: "Du wirst nie ein nützliches Glied der Gesellschaft, elender Bursche!"

Dann war ein Ball in der Liedertafel, wo meine Mutter auch hinging wegen der Marie.

Sie kriegte ein Rosakleid dazu und heulte furchtbar, weil die Näherin so spät fertig wurde. Ich war froh, wie sie draußen waren mit dem Getue.

Am andern Tage beim Essen redete sie vom Balle und Marie sagte zu mir: "Du, Ludwig, Herr Professor Bindinger war auch da. Nein, das ist ein reizender Mensch !"

Das ärgerte mich, und ich fragte sie, ob er recht gespukt hat und ob er ihr Rosakleid nicht voll Eierflecken gemacht hat. Sie wurde ganz rot, und auf einmal sprang sie in die Höhe und lief hinaus, und man hörte durch die Tür, wie sie weinte.

Ich mußte glauben, daß sie verrückt ist, aber meine Mutter sagte sehr böse: "Du sollst nicht unanständig reden von deinen Lehrern; das kann Mariechen nicht ertragen."

"Ich möchte schon wissen, was es sie angeht, das ist doch dumm, daß sie deswegen weint."

"Mariechen ist ein gutes Kind", sagte meine Mutter, "und sie sieht, was ich leiden muß, wenn du nichts lernst und unanständig bist gegen deinen Professor."

"Er hat aber doch den ganzen Bart voll lauter Eidotter", sagte ich.

"Er ist ein sehr braver und gescheiter Mann, der noch eine große Laufbahn hat. Und er war sehr nett zu Mariechen. Und er hat ihr auch gesagt, wieviel Sorgen du ihm machst. Und jetzt bist du ruhig!"

Ich sagte nichts mehr, aber ich dachte, was der Bindinger für ein Kerl ist, daß er mich bei meiner Schwester verschuftet.

Am Nachmittag hat er mich aufgerufen; ich habe aber den Nepos nicht präpariert gehabt und konnte nicht übersetzen.

"Warum bist du schon wieder unvorbereitet, Bursche?" fragte er.

Ich wußte zuerst keine Ausrede und sagte: "Entschuldigen, Herr Professor, ich habe nicht gekonnt."

"Was hast du nicht gekonnt?"

"Ich habe keinen Nepos nicht präparieren gekonnt, weil meine Schwester auf dem Ball war."

"Das ist doch der Gipfel der Unverfrorenheit, mit einer so törichten Entschuldigung zu kommen", sagte er, aber ich habe mich schon auf etwas besonnen und sagte, daß ich so Kopfweh gehabt habe, weil die Näherin so lange nicht gekommen war und weil ich sie holen mußte und auf der Stiege ausrutschte und mit dem Kopf aufschlug und furchtbare Schmerzen hatte.

Ich dachte mir, wenn er es nicht glaubt, ist es mir auch wurscht, weil er es nicht beweisen kann. Er schimpfte mich aber nicht und ließ mich gehen.

Einen Tag danach, wie ich aus der Klasse kam, saß die Marie auf dem Kanapee im Wohnzimmer und heulte furchtbar. Und meine Mutter hielt ihr den Kopf und sagte:"Das wird schon, Mariechen. Sei ruhig, Kindchen!"

"Nein, es wird niemals, ganz gewiß nicht, der Lausbub tut es mit Fleiß, daß ich unglücklich werde."

"Was hat sie denn schon wieder für eine Heulerei?" fragte ich. Da wurde meine Mutter so zornig, wie ich sie gar nie gesehen habe. "Du sollst noch fragen!" sagte sie. "Du kannst es nicht vor Gott verantworten, was du deiner Schwester tust, und nicht genug, daß du faul bist, redest du dich auf das arme Mädchen aus und sagst, du wärst über die Stiege gefallen, weil du für sie zur Näherin mußtest. Was soll der gute Professor Bindinger von uns denken?"

"Er wird meinen, daß wir ihn bloß ausnützen! Er wird meinen, daß wir alle lügen, er wird glauben, ich bin auch so!" schrie Marie und drückte wieder ihr nasses Tuch auf die Augen.

Ich ging gleich hinaus, weil ich schon wußte, daß sie noch ärger tut, wenn ich dabeiblieb, und ich kriegte das Essen auf mein Zimmer.

Das war an einem Freitag; und am Sonntag kam auf einmal meine Mutter zu mir herein und lachte so freundlich und sagte, ich soll in das Wohnzimmer kommen.

Da stand der Herr Professor Bindinger, und Marie hatte den Kopf bei ihm angelehnt, und er schielte furchtbar. Meine Mutter führte mich bei der Hand und sagte: "Ludwig, unsere Marie wird jetzt deine Frau Professor", und dann nahm sie ihr Taschentuch heraus und weinte. Und Marie weinte.

Der Bindinger ging zu mir und legte seine Hand auf meinen Kopf und sagte:

"Wir wollen ein nützliches Glied der Gesellschaft aus ihm machen."

Gretchen Vollbeck

Von meinem Zimmer aus konnte ich in den Vollbeckschen Garten sehen, weil die Rückseite unseres Hauses gegen die Korngasse hinausging.

Wenn ich nachmittags meine Schulaufgaben machte, sah ich Herrn Rat Vollbeck mit seiner Frau beim Kaffee sitzen, und ich hörte fast jedes Wort, das sie sprachen.

Er fragte immer: "Wo ist denn nur unser Gretchen so lange?", und sie antwortete alle Tage: "Ach Gott, das arme Kind studiert wieder einmal."

Ich hatte damals, wie heute, kein Verständnis dafür, daß ein Mensch gerne studiert und sich dadurch vom Kaffeetrinken oder irgend etwas anderem abhalten lassen kann. Dennoch machte es einen großen Eindruck auf mich, obwohl ich dies nie eingestand.

Wir sprachen im Gymnasium öfters von Gretchen Vollbeck, und ich verteidigte sie nie, wenn einer erklärte, sie sei eine ekelhafte Gans, die sich bloß gescheit mache.

Auch daheim äußerte ich mich einmal wegwerfend über dieses weibliche Wesen, das wahrscheinlich keinen Strumpf stricken könne und sich den Kopf mit allem möglichen Zeug vollpfropfe.

Meine Mutter unterbrach mich aber mit der Bemerkung, sie würde Gott danken, wenn ein gewisser Jemand nur halb so fleißig wäre wie dieses talentierte Mädchen, das seinen Eltern nur Freude bereite und sicherlich nie so schmachvolle Schulzeugnisse heimbringe. Ich haßte persönliche Anspielungen und vermied es daher, das Gespräch auf dieses unangenehme Thema zu bringen.

Dagegen übte meine Mutter nicht die gleiche Rücksicht, und ich wurde häufig aufgefordert, mir an Gretchen Vollbeck ein Beispiel zu nehmen.

Ich tat es nicht und brachte an Ostern ein Zeugnis heim, welches selbst den nächsten Verwandten nicht gezeigt werden konnte.

Man drohte mir, daß ich nächster Tage zu einem Schuster in die Lehre gegeben würde, und als ich gegen dieses ehrbare Handwerk keine Abneigung zeigte, erwuchsen mir sogar daraus heftige Vorwürfe.

Es folgten recht unerquickliche Tage, und jedermann im Hause war bemüht, mich so zu behandeln, daß in mir keine rechte Festesfreude aufkommen konnte.

Schließlich sagte meine Mutter, sie sehe nur noch ein Mittel, mich auf bessere Wege zu bringen, und dies sei der Umgang mit Gretchen.

Vielleicht gelinge es dem Mädchen, günstig auf mich einzuwirken. Herr Rat Vollbeck habe seine Zustimmung erteilt, und ich solle mich bereit halten, den Nachmittag mit ihr hinüberzugehen.

Die Sache war mir unangenehm. Man verkehrt als Lateinschüler nicht so gerne mit Mädchen wie später, und außerdem hatte ich begründete Furcht, daß gewisse Gegensätze zu stark hervorgehoben würden.

Aber da half nun einmal nichts, ich mußte mit.

Vollbecks saßen gerade beim Kaffee, als wir kamen. Gretchen fehlte, und Frau Rat sagte gleich: "Ach Gott, das Mädchen studiert schon wieder, und noch dazu Scheologie." Meine Mutter nickte so nachdenklich und ernst mit dem Kopfe, daß mir wirklich ein Stich durchs Herz ging und der Gedanke in mir auftauchte, der lieben alten Frau doch auch einmal eine Freude zu machen. Der Herr Rat trommelte mit den Fingern auf den Tisch und zog die Augenbrauen furchtbar in die Höhe. Dann sagte er: "Ja, ja, die Scheologie!"

Jetzt glaubte meine Mutter, daß es Zeit sei, mich ein bißchen in das Licht zu rücken, und sie fragte mich aufmunternd: "Habt ihr das auch in eurer Klasse?"

Frau Rat Vollbeck lächelte über die Zumutung, daß anderer Leute Kinder derartiges lernten, und ihr Mann sah mich durchbohrend an; das ärgerte mich so stark, daß ich beschloß, ihnen eins zu geben.

"Es heißt gar nicht Scheologie, sondern Geologie, und das braucht man nicht zu lernen", sagte ich.

Beinahe hätte mich diese Bemerkung gereut, als ich die große Verlegenheit meiner Mutter sah; sie mochte sich wohl sehr über mich schämen, und sie hatte Tränen in den Augen, als Herr Vollbeck sie mit einem recht schmerzlichen Mitleid ansah.

Der alte Esel schnitt eine Menge Grimassen, von denen jede bedeuten sollte, daß er sehr trübe in meine Zukunft sehe. "Du scheinst der Ansicht zu sein", sagte er zu mir, "daß man sehr vieles nicht lernen muß. Dein Osterzeugnis soll ja nicht ganz zur

Zufriedenheit deiner beklagenswerten Frau Mutter ausgefallen sein. übrigens konnte man zu meiner Zeit auch Scheologie sagen."

Ich war durch diese Worte nicht so vernichtet, wie Herr Vollbeck annahm, aber ich war doch froh, daß Gretchen ankam. Sie wurde von ihren Eltern stürmisch begrüßt, ganz anders wie sonst, wenn ich von meinem Fenster aus zusah. Sie wollten meiner Mutter zeigen, eine wie große Freude die Eltern gutgearteter Kinder genießen.

Da saß nun dieses langbeinige, magere Frauenzimmer, das mit seinen sechzehn Jahren so wichtig und altklug die Nase in die Luft hielt, als hätte es nie mit einer Puppe gespielt.

"Nun, bist du fertig geworden mit der Scheologie?" fragte Mama Vollbeck und sah mich herausfordernd an, ob ich es vielleicht wagte, in Gegenwart der Tochter den wissenschaftlichen Streit mit der Familie Vollbeck fortzusetzen.

"Nein, ich habe heute abend noch einige Kapitel zu erledigen; die Materie ist sehr anregend", antwortete Gretchen. Sie sagte das so gleichgültig, als wenn sie Professor darin wäre.

"Noch einige Kapitel?" wiederholte Frau Rat, und ihr Mann erklärte mit einer von Hohn durchtränkten Stimme:

"Es ist eben doch eine Wissenschaft, die scheinbar gelernt werden muß."

Gretchen nickte nur zustimmend, da sie zwei handgroße Butterbrote im Munde hatte, und es trat eine Pause ein, während welcher meine Mutter halb bewundernd auf das merkwürdige Mädchen und bald kummervoll auf mich blickte.

Dies weckte in Frau Vollbeck die Erinnerung an den eigentlichen Zweck unseres Besuches. "Die gute Frau Thoma hat ihren Ludwig mitgebracht, Gretchen; sie meint, er könnte durch dich ein bißchen in den Wissenschaften vorwärts kommen."

"Fräulein Gretchen ist ja in der ganzen Stadt bekannt wegen ihres Eifers", fiel meine Mutter ein. "Man hört so viel davon rühmen und da dachte ich mir, ob das nicht vielleicht eine Aufmunterung für meinen Ludwig wäre. Er ist nämlich etwas zurück in seinen Leistungen."

"Ziemlich stark, sagen wir, ziemlich stark, liebe Frau Thoma", sagte der Rat Vollbeck, indem er mich wieder durchbohrend anblickte. "Ja, leider etwas stark. Aber mit Hilfe von Fräulein Gretchen, und wenn er selbst seiner Mutter zuliebe sich anstrengt, wird es doch gehen. Er hat es mir fest versprochen, gelt, Ludwig?"

Freilich hatte ich es versprochen, aber niemand hätte mich dazu gebracht, in dieser Gesellschaft meinen schönen Vorsatz zu wiederholen. Ich fühlte besser als meine herzensgute, arglose Mutter, daß sich diese Musterfamilie an meiner Verkommenheit erbaute. Inzwischen hatte die gelehrte Tochter ihre Butterbrote verschlungen und schien geneigt, ihre Meinung abzugeben.

"In welcher Klasse bist du eigentlich?" fragte sie mich.

"In der vierten."

"Da habt ihr den Cornelius Nepos, das Leben berühmter Männer", sagte sie, als hätte ich das erst von ihr erfahren müssen. "Du hast das natürlich alles gelesen, Gretchen?" fragte Frau Vollbeck.

"Schon vor drei Jahren. Hie und da nehme ich ihn wieder zur Hand. Erst gestern las ich das Leben des Epaminondas." "Ja, ja, dieser Epaminondas!" sagte der Rat und trommelte auf den Tisch. "Er muß ein sehr interessanter Mensch sein."

"Hast du ihn daheim?" fragte mich meine Mutter, "sprich doch ein bißchen mit Fräulein Gretchen darüber, damit sie sieht, wie weit du bist."

"Wir haben keinen Epaminondas nicht gelesen", knurrte ich.

"Dann hattet ihr den Alcibiades, oder so etwas. Cornelius Nepos ist ja sehr leicht. Aber wenn du wirklich in die fünfte Klasse kommst, beginnen die Schwierigkeiten."

Ich beschloß, ihr dieses "wirklich" einzutränken, und leistete heimlich einen Eid, daß ich sie verhauen wollte bei der ersten Gelegenheit. Vorläufig saß ich grimmig da und redete kein Wort. Es wäre auch nicht möglich gewesen, denn das Frauenzimmer war jetzt im Gang und mußte ablaufen, wie eine Spieluhr.

Sie bewarf meine Mutter mit lateinischen Namen und ließ die arme Frau nicht mehr zu Atem kommen; sie leerte sich ganz aus, und ich glaube, daß nichts mehr in ihr darin war, als sie endlich aufhörte.

Papa und Mama Vollbeck versuchten das Wundermädchen noch einmal aufzuziehen, aber es hatte keine Lust mehr und ging schnell weg, um die Scheologie weiterzustudieren .

Wir blieben schweigend zurück. Die glücklichen Eltern betrachteten die Wirkung, welche das alles auf meine Mutter gemacht hatte, und fanden es recht und billig, daß sie vollkommen breitgequetscht war. Sie nahm in gedrückter Stimmung Abschied von den Vollbeckschen und verließ mit mir den Garten.

Erst als wir daheim waren, fand sie ihre Sprache wieder. Sie strich mir zärtlich über den Kopf und sagte: "Armer Junge, du wirst das nicht durchmachen können."

Ich wollte sie trösten und ihr alles versprechen, aber sie schüttelte nur den Kopf.

"Nein, nein, Ludwig, das wird nicht gehen."

Es ist dann doch gegangen, weil meine Schwester bald darauf den Professor Bindinger geheiratet hat.

Die Vermählung

Ich muß noch die Hochzeit von meiner Schwester mit dem Professor Bindinger erzählen. Das war an einem Dienstag, und ich hatte den ganzen Tag frei. Ich kriegte einen neuen Anzug dazu und mußte schon in aller Früh aufstehen, damit ich rechtzeitig fertig war. Denn es war eine furchtbare Aufregung daheim, und es ging immer Tür auf und Tür zu, und wenn es läutete, schrie meine Mutter: "Was ist denn, Kathi?" Und meine Schwester schrie: "Kathi! Kathi!", und die Kathi schrie: "Gleich! Gleich! Ich bin schon da", und dann machte sie auf, und wenn es ein Mann war, der eine Schachtel brachte oder einen Brief, dann kreischten sie alle und warfen ihre Türen zu, denn sie waren noch nicht ganz angezogen.

Dann kam ein Diener und sagte, der erste Wagen mit den Kindern ist da, und es ging wieder los. Meine Mutter rief: "Bist du fertig, Ludwig?", und Marie schrie: "Aber so mach doch mal!" Und ich war froh, wie ich drunten war.

Im Wagen saß die Tante Frieda mit ihren zwei Töchtern, der Anna und Elis. Sie hatten weiße Kleider an und Locken gebrannt, wie bei einer Firmung.

Die Tante fragte gleich: "Ist Mariechen recht selig? Das kann man sich denken, so einen hübschen Mann, und hätte kein Mensch gedacht, wo er doch dein Professor war!"

Ich wußte schon, daß die alte Katze immer etwas gegen uns hat und, wo sie kann, meiner Mutter einen Hieb gibt. Aber ich habe sie auch schon oft geärgert, und ich sagte jetzt zu der Anna, daß ihre Sommersprossen immer stärker werden. Dann waren wir aber an der Kirche und gingen in die Sakristei, und die Tante mußte es hinunterschlucken und freundlich sein, weil der Herr Pfarrer sie anredete.

Jetzt kam ein Wagen, da war Onkel Franz drin mit Tante Gusti und ihrem Sohn Max, den ich nicht leiden kann. Onkel Franz ist der Reichste in der Familie; er hat eine Buchdruckerei und ist sehr fromm, weil er eine katholische Zeitung hat. Wenn man zu ihm geht, kriegt man ein Heiligenbild, aber nie kein Geld oder zu essen. Er tut immer so, als ob er lateinisch könnte; er war aber bloß in der deutschen Schule. Die Tante Gusti ist noch frömmer und sagt immer zu meiner Mutter, daß wir zu wenig in die Kirche gehen, und daher kommt das ganze Unglück mit mir.

Wie sie hereinkamen, sind sie zuerst auf den Pfarrer los, und dann hat Tante Gusti die Tante Frieda geküßt, und Tante Frieda sagte: "Du hast ja heute deinen Granatschmuck an. Das können wir freilich nicht."

Am meisten hat es mich gefreut, daß der Onkel Hans kam mit Tante Anna. Er ist Förster, und ich war schon in der Vakanz bei ihm. Er war lustig mit mir und hat immer gelacht, wenn ich ihm die Tante Frieda vormachte, die verdammte Wildkatze, sagte er. Heute hatte er einen Hemdkragen an und fuhr alle Augenblicke mit der Hand an seinen Hals. Ich glaube, er war verlegen, weil so viele Fremde dastanden, und ging immer in die Ecke.

Die Sakristei wurde immer voller. Von unserem Gymnasium kamen der Mathematikprofessor und der Schreiblehrer. Und dann die Verwandten vom Bindinger; zwei Schwestern von ihm und ein Bruder, der Turnlehrer an der Realschule ist und die Brust furchtbar herausstreckte. Mit den Herren fuhren immer junge Mädchen, die ich nicht kannte. Nur eine kannte ich, die Weinberger Rosa, eine gute Freundin von Marie. Alle hatten Blumensträuße; die hielten sie sich immer vor das Gesicht und kicherten recht dumm, wenn es auch gar nichts zum Lachen gab.

Jetzt kam meine Mutter mit dem Onkel Pepi, der Zollrat ist, und gleich darauf der Bindinger und Marie und der Brautführer. Das war ein pensionierter Hauptmann und ein entfernter Verwandter vom Bindinger. Er hatte eine Uniform an mit Orden, und Tante Frieda sagte zu Tante Gusti: "Na, Gott sei Dank, daß sie einen Offizier aufgegabelt haben."

Die Tür von der Sakristei wurde aufgemacht, und wir mußten in einem Zug in die Kirche.

Der Bindinger und Marie knieten in der Mitte vor dem Altar, und der Pfarrer kam heraus und hielt eine Rede und fragte sie, ob sie verheiratet sein wollen. Marie sagte ganz leise ja, aber der Bindinger sagte es mit einem furchtbaren Baß. Dann wurde eine Messe gelesen, die dauerte so lange, daß es mir fad wurde.

Ich schaute zum Onkel Hans hinüber, der von einem Bein auf das andere stand und in seinen Hut hinein sah und sich räusperte und am Kopf kratzte.

Dann sah er, daß ich ihn anschaute, und er blinzelte mit den Augen und deutete mit dem Daumen verstohlen auf die Tante Frieda hinüber. Und dann fletschte er mit den Zähnen, wie sie es immer macht. Ich konnte mich nicht mehr halten und mußte lachen. Der Bruder vom Bindinger klopfte mir auf die Schulter und sagte, ich soll mich anständiger betragen, und Tante Gusti stieß Tante Frieda an, daß sie zu mir herübersah, und dann schauten alle zwei ganz verzweifelt an die Decke und schütteln ihre Köpfe.

Endlich war es aus, und wir zogen alle in die Sakristei. Da ging das Gratulieren an; die Herren drückten dem Bindinger die Hand, und die Tanten und die Mädchen küßten alle die Marie.

Und Tante Gusti und Tante Frieda gingen zu meiner Mutter, die daneben stand und weinte, und sagten, es ist ein glücklicher Tag für sie und alle.

Dann umarmten sie auch meine Mutter und küßten sie, und Onkel Hans, der neben mir stand, hielt seinen Hut vor und sagte: "Gib acht, Ludwig, daß sie deine alte Mutter nicht beißen."

Ich mußte nun auch zum Bindinger hin und gratulieren. Er sagte: "Ich danke dir und hoffe, daß du dich von jetzt ab gründlich bessern wirst." Marie sagte nichts, aber sie gab mir einen herzhaften Kuß, und meine Mutter strich mir über den Kopf und sagte unter Tränen: "Gelt, Ludwig, das versprichst du mir, von heut ab wirst du ein anderer Mensch."

Ich hätte beinahe weinen müssen, aber ich tat es nicht, weil Tante Frieda nahe dabei war und ihre grünen Augen auf mich hielt.

Aber ich nahm mir fest vor, meiner lieben Mutter keinen Verdruß mehr zu machen.

Im Gasthaus zum Lamm war das Hochzeitsmahl. Ich saß zwischen Max und der Anna von Tante Frieda. Von meinem Platze aus sah ich Marie und den Bindinger; meine Mutter sah ich nicht, weil sie durch einen großen Blumenstrauß versteckt war. Zuerst gab es eine gute Suppe und dann einen großen Fisch. Dazu kriegten wir Weißwein, und ich sagte zu Max, er soll probieren, wer es schneller austrinken könnte. Er tat es, aber ich wurde früher fertig, und der Kellner kam und schenkte uns noch mal ein.

Da klopfte Onkel Pepi an sein Glas und hielt eine Rede, daß die Familie ein schönes Fest feiert, indem sie ein aufgeblühtes Mädchen aus ihrer Mitte einem wackeren Manne gab und mit ihm ein Band knüpft und die Versicherung hat, daß es zum Guten führt. Und er ließ den Bindinger und Marie hochleben. Ich schrie fest mit und probierte noch einmal mit Max, wer schneller fertig ist. Er verlor wieder und kriegte einen roten Kopf, wie er ausgetrunken hatte. Dann gab es einen Braten mit Salat.

Auf einmal klopfte es wieder, und Onkel Franz stand auf. Er sagte, daß eine Eheschließung sehr erhaben ist, wenn sie noch in der Kirche gemacht wird und ein Diener Gottes dabei ist. Wenn aber die Kinder katholisch erzogen werden, ist es ein Verdienst der Eltern.

Darum, sagte er, nach dem jungen Ehepaar muß man an die Alten denken, besonders an die Frau, welche das Mädchen so trefflich erzogen hat; und er ließ meine Mutter leben.

Das freute mich furchtbar, und ich schrie recht laut und ging auch mit meinem Weinglas zu ihr hin. Sie war aufgestanden, und ihr gutes Gesicht war ganz rot, wie sie mit allen anstieß. Sie sagte immer: "Das hätte mein Mann noch erleben müssen", und Onkel Hans stieß fest mit ihr an und sagte: "Ja, der müßte von Rechts wegen dasitzen, und du bist eine liebe alte Haut." Dann trank er sein Glas auf einmal aus und schüttelte jedem die Hand, der an ihm vorbeikam, und sagte immer wieder: "Weiß der Teufel, der müßte dasitzen !"

Wir kriegten noch ein Brathuhn und Kuchen und Gefrorenes, und der Kellner ging herum und schenkte Champagner ein. Ich sagte zum Max: "Da ist es viel härter, auf einmal auszutrinken, weil es so beißt." Er probierte es, und es ging auch, aber ich tat nicht mit, sondern ich setzte mich zum Onkel Hans hinüber. Alle waren lustig, besonders die jungen Mädchen lachten recht laut und stießen immer wieder an. Aber Tante Frieda schaute herum und redete eifrig mit Tante Gusti. Ich hörte, wie sie sagte, daß man zu ihrer Zeit nicht so frei gewesen sei.

Und Tante Gusti sagte, die Hochzeit ist eigentlich ein bißchen verschwenderisch, aber die Schwägerin hat immer für ihre Kinder zuviel Aufwand gemacht.

Da klopfte es wieder, und Onkel Franz stand auf und sagte, daß sein Sohn Max zu Ehren seines verehrten Lehrers, des glücklichen Bräutigams, ein Gedicht vortragen wird.

Alles war still, und Max stand auf und probierte anzufangen. Aber er konnte nicht, weil er umfiel und käsweiß war.

Da gab es ein rechtes Geschrei, und Tante Gusti schrie immer: "Was hat das Kind?"

Die meisten lachten, weil sie sahen, daß es ein Rausch war, und Tante Frieda half mit, daß sie den Max in das Nebenzimmer brachten.

Sie legten ihn auf das Sofa, und es wurde ihm schlecht, und Tante Frieda blieb lange aus, weil sie ihr Kleid putzen mußte. Wie sie hereinkam, sagte sie zu mir, daß ihr Anna schon gesagt hat, daß ich schuld bin, aber niemand paßte auf, weil der Bindinger und Marie fortgingen.

Marie weinte auf einmal furchtbar und fiel immer wieder der Mutter um den Hals. Und der Bindinger stand daneben und machte ein Gesicht wie bei einem Begräbnis. Die Mutter sagte zu Marie: "Nun bist du ja glücklich, Kindchen! Nun hast du ja einen braven Mann."

Und zum Bindinger sagte sie: "Du machst sie glücklich, gelt? Das versprichst du mir?"

Der Bindinger sagte: "Ja, ich will es mit Gott versuchen."

Dann mußte Marie von den Tanten Abschied nehmen, und unsere Cousine Lottchen, die schon vierzig Jahre alt ist, aber keinen Mann hat, weinte am lautesten.

Endlich konnten sie gehen. Der Bindinger ging voran, und Marie trocknete sich die Tränen und winkte meiner Mutter unter der Türe noch einmal zu.

"Da geht sie", sagte meine Mutter ganz still für sich.

Und Lottchen stand neben ihr und sagte: "Ja, wie ein Lamm zur Schlachtbank."

Meine erste Liebe

An den Sonntagen durfte ich immer zu Herrn von Rupp kommen und bei ihm Mittag essen. Er war ein alter Jagdfreund von meinem Papa und hatte schon viele Hirsche bei uns geschossen. Es war sehr schön bei ihm. Er behandelte mich beinahe wie einen Herrn, und wenn das Essen vorbei war, gab er mir immer eine Zigarre und sagte:

"Du kannst es schon vertragen. Dein Vater hat auch geraucht wie eine Lokomotive." Da war ich sehr stolz.

Die Frau von Rupp war eine furchtbar noble Dame, und wenn sie redete, machte sie einen spitzigen Mund, damit es hochdeutsch wurde. Sie ermahnte mich immer, daß ich nicht Nägel beißen soll und eine gute Aussprache habe. Dann war noch eine Tochter da. Die war sehr schön und roch so gut. Sie gab nicht acht auf mich, weil ich erst vierzehn Jahre alt war, und redete immer von Tanzen und Konzert und einem gottvollen Sänger. Dazwischen erzählte sie, was in der Kriegsschule passiert war. Das hatte sie von den Fähnrichen gehört, die immer zu Besuch kamen und mit den Säbeln über die Stiege rasselten.

Ich dachte oft, wenn ich nur auch schon ein Offizier wäre, weil ich ihr dann vielleicht gefallen hätte, aber so behandelte sie mich wie einen dummen Buben und lachte immer dreckig, wenn ich eine Zigarre von ihrem Papa rauchte.

Das ärgerte mich oft, und ich unterdrückte meine Liebe zu ihr und dachte, wenn ich größer bin und als Offizier nach einem Kriege heimkomme, würde sie vielleicht froh sein. Aber dann möchte ich nicht mehr. Sonst war es aber sehr nett bei Herrn von Rupp, und ich freute mich furchtbar auf jeden Sonntag und auf das Essen und auf die Zigarre.

Der Herr von Rupp kannte auch unsern Rektor und sprach öfter mit ihm, daß er mich gern in seiner Familie habe und daß ich schon ein ordentlicher Jägersmann werde, wie mein Vater. Der Rektor muß mich aber nicht gelobt haben, denn Herr von Rupp sagte öfter zu mir: "Weiß der Teufel, was du treibst. Du mußt ein verdammter Holzfuchs sein, daß deine Professoren so auf dich loshacken. Mach es nur nicht zu arg!" Da ist auf einmal etwas passiert. Das war so.

Immer wenn ich um acht Uhr früh in die Klasse ging, kam die Tochter von unserem Hausmeister, weil sie in das Institut mußte.

Sie war sehr hübsch und hatte zwei große Zöpfe mit roten Bändern daran und schon einen Busen. Mein Freund Raithel sagte auch immer, daß sie gute Potenzen habe und ein feiner Backfisch sei.

Zuerst traute ich mich nicht, sie zu grüßen; aber einmal traute ich mich doch, und sie wurde ganz rot. Ich merkte auch, daß sie auf mich wartete, wenn ich später daran war. Sie blieb vor dem Hause stehen und schaute in den Buchbinderladen hinein, bis ich kam. Dann lachte sie freundlich, und ich nahm mir vor, sie anzureden.

Ich brachte es aber nicht fertig vor lauter Herzklopfen; einmal bin ich ganz nahe an sie hingegangen, aber wie ich dort war, räusperte ich mich bloß und grüßte. Ich war ganz heiser geworden und konnte nicht reden.

Der Raithel lachte mich aus und sagte, es sei doch gar nichts dabei, mit einem Backfisch anzubinden. Er könnte jeden Tag drei ansprechen, wenn er möchte, aber sie seien ihm alle zu dumm.

Ich dachte viel darüber nach, und wenn ich von ihr weg war, meinte ich auch, es sei ganz leicht. Sie war doch bloß die Tochter von einem Hausmeister, und ich war schon in der fünften Lateinklasse. Aber wenn ich sie sah, war es ganz merkwürdig und ging nicht. Da kam ich auf eine gute Idee. Ich schrieb einen Brief an sie, daß ich sie liebe, aber daß ich fürchte, sie wäre beleidigt, wenn ich sie anspreche und es ihr gestehe. Und sie sollte ihr Sacktuch in der Hand tragen und an den Mund führen, wenn es ihr recht wäre.

Den Brief steckte ich in meinen Caesar, De bello gallico, und ich wollte ihn hergeben, wenn ich sie in der Frühe wieder sah. Aber das war noch schwerer.

Am ersten Tag probierte ich es gar nicht; dann am nächsten Tag hatte ich den Brief schon in der Hand, aber wie sie kam, steckte ich ihn schnell in die Tasche.

Raithel sagte zu mir, ich solle ihn einfach hergeben und fragen, ob sie ihn verloren habe. Das nahm ich mir fest vor, aber am nächsten Tag war ihre Freundin dabei, und da ging es wieder nicht.

Ich war ganz unglücklich und steckte den Brief wieder in meinen Caesar.

Zur Strafe, weil ich so furchtsam war, gab ich mir das Ehrenwort, daß ich sie jetzt anreden und ihr alles sagen und noch dazu den Brief geben wolle.

Raithel sagte, ich müsse jetzt, weil ich sonst ein Schuft wäre. Ich sah es ein und war fest entschlossen.

Auf einmal wurde ich aufgerufen und sollte weiterfahren. Weil ich aber an die Marie gedacht hatte, wußte ich nicht einmal das Kapitel, wo wir standen, und da kriegte ich einen brennroten Kopf. Dem Professor fiel das auf, da er immer Verdacht gegen mich hatte, und er ging auf mich zu.

Ich blätterte hastig herum und gab meinem Nachbar einen Tritt. "Wo stehen wir? Herrgottsakrament!" Der dumme Kerl flüsterte so leis, daß ich es nicht verstehen konnte, und der Professor war schon an meinem Platz. Da fiel auf einmal der Brief aus meinem Caesar und lag am Boden. Er war auf Rosenpapier geschrieben und mit einem wohlriechenden Pulver bestreut.

Ich wollte schnell mit dem Fuße darauf treten, aber es ging nicht mehr. Der Professor bückte sich und hob ihn auf.

Zuerst sah er mich an und ließ seine Augen so weit heraushängen, daß man sie mit einer Schere hätte abschneiden können. Dann sah er den Brief an und roch daran, und dann nahm er ihn langsam heraus. Dabei schaute er mich immer durchbohrender an, und man merkte, wie es ihn freute, daß er etwas erwischt hatte.

Er las zuerst laut vor der ganzen Klasse:

"Inniggeliebtes Fräulein! Schon oft wollte ich mich Ihnen nahen, aber ich traute mich nicht, weil ich dachte, es könnte Sie beleidigen."

Dann kam er an die Stelle vom Sacktuch, und da murmelte er bloß mehr, daß es die andern nicht hören konnten.

Und dann nickte er mit dem Kopfe auf und ab, und dann sagte er ganz langsam:

"Unglücklicher, gehe nach Hause. Du wirst das Weitere hören."

Ich war so zornig, daß ich meine Bücher an die Wand schmeißen wollte, weil ich ein solcher Esel war.

Aber ich dachte, daß mir doch nichts geschehen könnte. Es stand nichts Schlechtes in dem Brief; bloß daß ich verliebt war. Das geht doch den Professor nichts an. Aber es kam ganz dick.

Am nächsten Tag mußte ich gleich zum Rektor. Der hatte sein großes Buch dabei, wo er alles hineinstenographierte, was ich sagte. Zuerst fragte er mich, an wen der Brief sei. Ich sagte, er sei an gar niemand. Ich hätte es bloß so geschrieben aus Spaß. Da sagte er, das sei eine infame Lüge, und ich wäre nicht bloß schlecht, sondern auch feig.

Da wurde ich zornig und sagte, daß in dem Briefe gar nichts Gemeines darin sei, und es wäre ein braves Mädchen. Da lachte er, daß man seine zwei gelben Stockzähne sah, weil ich mich verraten hatte. Und er fragte immer nach dem Namen. Jetzt war mir alles gleich, und ich sagte, daß kein anständiger Mann den Namen verrät, und ich täte es niemals. Da schaute er mich recht falsch an und schlug sein Buch zu. Dann sagte er: "Du bist eine verdorbene Pflanze in unserem Garten. Wir werden dich ausreißen. Dein Lügen hilft dir gar nichts; ich weiß recht wohl, an wen der Brief ist. Hinaus!"

Ich mußte in die Klasse zurückgehen, und am Nachmittag war Konferenz.

Der Rektor und der Religionslehrer wollten mich dimittieren. Das hat mir der Pedell gesagt. Aber die andern halfen mir, und ich bekam acht Stunden Karzer. Das hätte mir gar nichts ausgemacht, wenn nicht das andere gewesen wäre.

Ich kriegte einige Tage darauf einen Brief von meiner Mama. Da lag ein Brief von Herrn von Rupp bei, daß es ihm leid täte, aber er könne mich nicht mehr einladen, weil ihm der Rektor mitteilte, daß ich einen dummen Liebesbrief an seine Tochter geschrieben habe. Er mache sich nichts daraus, aber ich hätte sie doch kompromittiert. Und meine Mama schrieb, sie wüßte nicht, was noch aus mir wird.

Ich war ganz außer mir über die Schufterei; zuerst weinte ich, und dann wollte ich den Rektor zur Rede stellen; aber dann überlegte ich es und ging zu Herrn von Rupp.

Das Mädchen sagte, es sei niemand zu Hause, aber das war nicht wahr, weil ich heraußen die Stimme der Frau von Rupp gehört habe. Ich kam noch einmal, und da war Herr von Rupp da. Ich erzählte ihm alles ganz genau, aber wie ich fertig war, drückte er das linke Auge zu und sagte:"Du bist schon ein verdammter Holzfuchs. Es liegt mir ja gar nichts daran, aber meiner Frau." Und dann gab er mir eine Zigarre und sagte, ich solle nun ganz ruhig heimgehen.

Er hat mir kein Wort geglaubt und hat mich nicht mehr eingeladen, weil man es nicht für möglich hält, daß ein Rektor lügt.

Man meint immer, der Schüler lügt.

Ich habe mir das Ehrenwort gegeben, daß ich ihn durchhaue, wenn ich auf die Universität komme, den kommunen Schuften.

Ich bin lange nicht mehr lustig gewesen. Und einmal bin ich dem Fräulein von Rupp begegnet. Sie ist mit ein paar Freundinnen gegangen, und da haben sie sich mit den Ellenbogen angestoßen und haben gelacht. Und sie haben sich noch umgedreht und immer wieder gelacht.

Wenn ich auf die Universität komme und Korpsstudent bin, und wenn sie mit mir tanzen wollen, lasse ich die Schneegänse einfach sitzen.

Das ist mir ganz wurscht.

Das Baby

In der Ostervakanz sind der Bindinger und die Marie gekommen, weil er jetzt Professor in Regensburg war und nicht mehr hier bei uns.

Sie haben ihr kleines Kind mitgebracht. Das ist jetzt zwei Jahre alt und heißt auch Marie.

Meine Schwester heißt es aber Mimi, und meine Mutter sagt immer Mimili.

Wie es der Bindinger heißt, weiß ich nicht genau. Er sagt oft Mädele, aber meistens, wenn er damit redet, spitzt er sein Maul und sagt: "Duzi, duzi! Du du!"

Es hat einen sehr großen Kopf, und die Nase ist so aufgebogen wie beim Bindinger. Den ganzen Tag hat es den Finger im Mund und schaut einen so dumm an.

Wie sie gekommen sind, ist meine Mutter auf die Bahn, und dann sind sie mit einer Droschke hergefahren.

Meine Mutter und die Marie haben das kleine Mädel an der Hand geführt. Der Bindinger ist hinterdrein gegangen.

Über die Stiege hinauf haben sie schon lebhaft miteinander gesprochen, und meine Mutter sagte immer: "Also da seid ihr jetzt, Kinder! Nein, wie das Mimili gewachsen ist! Das hätte ich nicht für möglich gehalten."

"Ja, gelt, Mama, du findest auch? Alle Leute sagen es. Doktor Steininger, unser Arzt, weißt du, findet es ganz merkwürdig. Nicht wahr, Heini?"

Dann hörte ich dem Bindinger seine tiefe Stimme, wie er sagte: "Ja, es gedeiht sichtlich, Gott sei Dank!"

Endlich sind sie oben gewesen, und ich bin unter der Tür gestanden.

Meine Schwester gab mir einen Kuß, und der Bindinger schüttelte mir die Hand und sagte: "Ach, da ist ja unser Studiosus! Der Cäsar wird dir wohl einige Schwierigkeiten machen? Gallia est omnis divisa in partes tres, haha!"

Ich glaubte, daß er mich schon examinieren wollte, aber meine Mutter rief: "Ja, Ludwig, du hast ja Mimili noch gar nicht begrüßt und siehst doch dein kleines Nichtchen zum erstenmal! Sieh nur her! Wie lieb und hübsch sie ist!"

Ich fand sie gar nicht hübsch; sie war wie alle kleinen Kinder. Aber ich tat so, als wenn sie mir gefällt, und lachte recht freundlich. Das freute meine gute Mutter, und sie sagte zu Marie: "Siehst du? Ich wußte es gleich, daß ihm Mimili gefallen wird. Sie ist auch zu reizend!"

Im Wohnzimmer war ein Frühstück hergerichtet; unsere Kathi mußte Bratwürste holen, und es gab Märzenbier dazu.

Ich freute mich, aber die anderen hatten keine Zeit zum Essen, weil sie immer um das Kind herum waren.

Es mußte seine Hände herzeigen, und wie ihm die Kapuze abgenommen wurde, sah man, daß es blonde Locken hatte, und da schrien sie wieder, als ob es was Besonderes wäre.

Meine Mutter küßte es auf den Kopf, und Marie sagte in einem fort: "Mimi, das ist deine Omama!" Und der Bindinger bückte sich, daß er ganz rot wurde, und sagte: "Du, du! Duzi, duzi!"

Da heulte es auf einmal, und Marie wisperte meiner Mutter ins Ohr, und sie gingen schnell hinaus damit.

Der Bindinger blieb herin, aber er setzte sich nicht zum Essen her, sondern ging auf und ab und machte ein ängstliches Gesicht. Dann rief er zur Tür hinaus: "Marie, es ist doch hoffentlich nichts Ernsteres." "Nein, nein!" sagte Marie, "es ist schon vorbei."

Dann kamen sie wieder herein mit dem Kind, und meine Mutter sagte: "Die lange Bahnfahrt, und dann das Ungewohnte und die Aufregung! Das kommt alles zusammen."

Ich war froh, wie sie einmal saßen und das Kind auf dem Kanapee ließen, denn die Bratwürste waren schon kalt.

Jetzt fingen wir an zu essen und zu trinken und stießen mit den Gläsern auf fröhliche Ostern an.

Meine Mutter sagte, daß sie schon lange nicht mehr so vergnügt gewesen ist, weil wir alle beisammen sind und Marie so gut aussieht, und das herzige Mimili. Und ich hätte auch ein besseres Zeugnis heimgebracht als sonst.

Ich mußte es dem Bindinger bringen, und er las es vor.

"Der Schüler könnte bei seiner mäßigen Begabung durch größeren Fleiß immerhin Besseres leisten."

Dann kamen die Noten. Lateinische Sprache III.

"Hm! Hm!" sagte der Bindinger, "das enspricht meinen Erwartungen. Mathematik II-III, griechische Sprache III-IV."

"Warum bist du hierin so schwach?" fragte er mich.

"Über das Griechische klagt Ludwig oft", sagte meine Mutter, "es muß sehr schwierig sein."

Ich wollte, sie hätte mich nicht verteidigt; denn der Bindinger redete jetzt so viel, daß mir ganz schlecht wurde.

Er strich seinen Bart und tat, als ob er in der Schule wäre.

"Wie kann man eine solche Ansicht äußern!" sagte er. "Das ist sehr betrübend, wenn man diesen verkehrten Meinungen immer und immer wieder begegnet. Gerade die griechische Sprache ist wegen ihres Ebenmaßes und der Klarheit der Form hervorragend leicht. Sie ist spielend leicht zu erlernen!"

"Warum hast du dann III-IV?" fragte mich meine Mutter. "Du mußt jetzt sagen, wo es fehlt, Ludwig."

Ich war froh, daß der Bindinger nicht wartete, was ich sagen werde. Er legte ein Bein über das andere und sah auf die Decke hinauf und redete immer lauter.

"Haha!" sagte er, "die griechische Sprache ist schwierig! Ich wollte noch schweigen, wenn ihr den dorischen Dialekt im Auge hättet, da seine härtere Mundart gewisse Schwierigkeiten bietet. Aber der attische, diese glückliche Ausbildung des altjonischen Dialektes! Das ist unerhört! Diese Behauptung zeugt von einem verbissenen Vorurteil!"

Meine Mutter war ganz unglücklich und sagte immer:

"Aber ich meinte bloß... aber weil Ludwig..."

Marie half ihr auch und sagte: "Heini, du mußt doch denken, daß Mama es nicht böse meint."

Da hörte er auf, und ich dachte, daß er immer noch so dumm ist wie früher.

"Heini ist furchtbar eifrig in seinem Beruf; sonst ist er so gut; aber da wird er gleich heftig," sagte Marie, und meine Mutter war gleich wieder lustig.

"Das muß sein", sagte sie, "in seinem Beruf muß man eifrig sein. Und du weißt jetzt, Ludwig, wie leicht das Griechische ist. Ja, was macht denn das kleine Mimili? Das sitzt so brav da und sagt gar nichts !"

Das Mädel schaute meine Mutter an und lachte. Auf einmal machte es seinen Mund auf und sagte: "Gugudada."

Es strampelte mit den Beinen und streckte seine Hand dabei aus. Es war doch gar nichts, aber alle taten, als wenn ein Wunder gewesen ist.

Meine Mutter war ganz weg und rief immer: "Habt ihr gehört! Das Kind! Gugu-dada!"

"Sie meint, der gute Papa. Gelt, Mimi? Und die liebe Omama!" sagte Marie.

"Nein, wie das Kind gescheit ist!" sagte meine Mutter. "In dem Alter! Das habe ich noch nicht erlebt. Das liebe Herzchen!"

Der Bindinger lachte auch, daß man seine großen Zähne sah. Er bückte sich über den Tisch und stach dem Mädchen mit dem Zeigefinger in den Bauch und sagte: "Wart, du Kleine, duzi, duzi!" Und zu meiner Mutter sagte er: "Sie hat einen lebhaften Geist und beobachtet ihre Umgebung mit sichtlicher Teilnahme. Ich hoffe, daß sie sich in dieser Richtung weiterentwickelt."

Meine Mutter wollte, daß ich es auch sehe, aber ich war so giftig auf den Bindinger und fragte: "Was hat es denn gesagt?"

"Hast du nicht gehört, wie sie ganz deutlich sagte: Gugu-dada?"

"Das ist doch gar nichts", sagte ich.

"Es heißt der gute Papa", sagte Marie und wurde ganz weinerlich. "Du bist recht abscheulich, Ludwig!"

"Wie kannst du das nicht verstehen?" sagte meine Mutter und schaute mich zornig an. "Das versteht jeder Mensch." "Ich kann es gar nicht verstehen", sagte ich.

"Weil du überhaupt nichts weißt, loser Bube!" schrie Bindinger und machte blitzende Augen, wie in der Schule; "wenn du jemals den Aristoteles kennenlernen wirst, so wirst du begreifen, daß die Sprache unseres Kindes die onomato-poetische, die schallnachahmende Wortbildung ist."

Er brüllte so laut, daß der Fratz zu weinen anfing. Marie nahm ihn auf den Arm und ging damit auf und ab. Meine Mutter ging daneben und sagte: "Will das Kindchen lustig sein? Will das Kindchen nicht mehr sprechen, gugu-dada?"

Aber der Bindinger lief hinterdrein und sagte: "Nein, es soll nicht sprechen! Es soll hier nicht mehr sprechen! Dieser Bube hat vor nichts Ehrfurcht."

Ich machte mir aber gar nichts daraus.